DIE 210

Peter Schrenk

Sangers Fluch

Das Neue Berlin

Danksagung
Ich danke den vielen Menschen, die mit ihren Informationen bei der Entstehung dieses Buches mitgewirkt haben. Besonderer Dank gebührt darüber hinaus Jan Eik, Armin Oelsner, Dr. Inge Pardon, Miriam Peet, Julie R. Rehberg, Klaus Ulrich und Iris Winkler.

Der Knüppel sauste im Halbdunkel auf ihn herunter.

Instinktiv duckte er sich und knallte die Hoteltür von innen wieder zu. Den Angreifer hatte er im matten Licht der Nachtbeleuchtung nur schemenhaft wahrgenommen, aber die antrainierten Reflexe funktionierten. Trotz des langen Urlaubs. Jetzt erwartete er leise keuchend den nächsten Versuch.

„Mr. Benedict? Mr. Benedict!!! Ich will doch nur mit Ihnen reden!"

Die Stimme, die zu ihm ins Zimmer drang, war erschrocken und weiblich und klang nicht unbedingt nach Mord und Totschlag. Dennoch öffnete er die Tür nur einen Spalt breit, um vorsichtig nach draußen zu blinzeln. Auf dem schwach erleuchteten Gang des Downtown Holiday Inn nahm er nun deutlich die Gestalt einer Frau wahr, deren linke Hand mit einem länglichen Gegenstand in der Luft herumwedelte. Mühsam versuchte er die nachtverklebten Augen noch weiter auseinanderzubringen. Was er im diffusen Licht des Hotelflurs eben noch für ein Schlaginstrument gehalten hatte, entpuppte sich bei genauerem Hinsehen als zusammengerollte Zeitung, mit der die weibliche Schattengestalt aufgeregt durch die Luft fuchtelte. Erleichterung oder sogar Heiterkeit wollten sich bei ihm trotzdem nicht einstellen. Dafür war es einfach zu lausig früh am Morgen. Dem immer noch bedrohlich vor seinem Kopf herumwirbelnden Presseorgan ausweichend, quetschte er schließlich einen unwirschen Laut durch die spröden Lippen.

„Yeah?"

„*You must help me, Mr. Benedict, please!*"

Während er sich noch im Halbschlaf in der Situation zurechtzufinden versuchte, wurde hinten auf dem Gang eine Tür aufgerissen. Ein Schwall amerikanischer Flüche dröhnte über den endlos langen Hotelflur. Da fühlte sich offensichtlich noch jemand gestört. Bevor es richtig peinlich werden konnte, zog Benedict die ungebetene Dame hastig zu sich ins Hotelzimmer hinein. Nicht, daß er prinzipiell etwas gegen den Besuch von Damen einzuwenden hätte, aber nach dieser Nacht …

„Sorry!" krächzte er rauh und verabschiedete sich fluchtartig Richtung Bad, die Frauengestalt mit ihrer Zeitungswurst im halbdunklen Zimmer zurücklassend.

Eilig setzte er die Zahnbürste an, um die Reste einer überlangen TV- und Minibar-Nacht wegzuschrubben. Vergebliches Bemühen. Auch nach fünf Minuten war dieser faulpelzige Geschmack an seinem Gaumen immer noch da. Amerikanisches Mundwasser taugt eben nicht für guten deutschen Zahnbelag. Ein kleiner, aber gewichtiger Grund zur Vorfreude auf die gewohnten Verhältnisse. Zum Abschluß seiner wenig erfrischenden Morgenhygiene versuchte er dann noch mit einer kombinierten Alka-Seltzer/Aspirin-Therapie, den Kampf gegen die sonstigen Nachwirkungen der vergangenen Nacht aufzunehmen.

Zwei, allerhöchstens drei Stunden hatte er sich wohl anschließend noch unruhig in den verschwitzten Laken herumgewälzt. Auf den zuckenden Augäpfeln die eingebrannten Fernsehbilder trunkener Mauertänzer. Süchtig war er bis zum frühen Morgen zwischen den großen Networks hin und her geirrt, um ja keinen der Berichte aus diesem fernen Land zu verpassen.

Als das englische Rasierwasser scharf auf seiner Haut Wirkung zeigte, war Benedict dann doch wieder halbwegs auf dem Weg in diese Welt. Es war Mitte November und der letzte Tag seines langen USA-Urlaubs, der hier in Los Angeles sein Ende gefunden hatte. Gestern noch der abschließende Besuch im FBI-Büro am Wilshire Boulevard. Ein halb freudiges, halb bedrückendes Wiedersehen mit Linda Washoe, deren indianischer Bruder in England so bestialisch ermordet worden war. Wenn die FBI-Agentin ihm damals nicht geholfen hätte, säße er wahrscheinlich heute noch in einem Knast Ihrer Britischen Majestät.

Bei einem der unzähligen Mexikaner hatten sie abends ein scharfes Chili gegessen, aber das Thema Sakamoto tunlichst vermieden, und als er ins Hotel zurückkam, waren dann auf einmal die Glückwünsche über den Deutschen hereingebrochen.

„The Wall in Berlin is open! Congratulations!“

Ungläubig zuerst, denn man weiß ja, was heutzutage alles im Fernsehen gemacht werden kann, hatte er diese verrückten Bilder in sich hineingesogen, und wahrscheinlich verhinderte nur die große räumliche Distanz zum wirklichen Ereignis eine allzu tränende Sentimentalität.

Als er nach zehn Minuten leidlich frisch wieder

aus dem Bad zurückkam, hatte seine Besucherin die Vorhänge geöffnet.

Sie war irgend was zwischen zwanzig und dreißig. Nein, nicht sein Typ. Gemischt blond und kleenexfrisch sauber.

„Ihr Foto ist hier in der Los Angeles Times!"

Damit war zumindest geklärt, woher sie seinen Namen wußte. Als der Pressesprecher des FBI-Büros ihn durch die Arbeitsräume geführt hatte, war ein Fotograf aufgetaucht, der ihn und Linda dann dekorativ vor dem Eingang aufgenommen hatte. Jetzt prangte das Ergebnis seiner Bemühungen mit der Bildunterschrift *German Police Officer Visits L.A. Field Office* im Lokalteil der Zeitung.

„Und wer sind Sie?" fragte er mehr höflich als interessiert.

„Ich heiße Sanger. Ramona Sanger. Mein Vater war Dean Sanger ..."

Der Name stand im Raum. Von ihrem erwartungsvollen Blick eskortiert.

„Sanger?" Nein. Er konnte nicht dienen. Der Name sagte ihm nichts.

„Dean Sanger war ein bekannter Sänger und Filmschauspieler ... im Ostblock! Mein Vater lebte in der DDR!" Hilflos schien sie sich an ihrer Zeitungsrolle festzuklammern. „Er hat auch schon mit Yul Brunner in einem Western gespielt ...", schob sie enttäuscht noch einen Satz nach.

Aber Benedict fuhr die sture Masche.

Er wollte nicht. Sie hatte ihn gestört. Wahrscheinlich hätte er nicht mal gewollt, wenn ihm der Name etwas gesagt hätte. Und sie war ihm zu frisch gewaschen und amerikanisch. Dieser angebliche Sänger-Star, von dem er noch nie gehört hatte, und dieses Mädchen, in engen Jeans und blanken Cowboystiefeln, sie interessierten ihn einfach nicht.

Auf den Wangen der brünetten Amerikanerin begannen sich rote Flecken auszubreiten.

„Mein Vater wurde ermordet", stieß sie hastig heraus, „von der Stasi. In einem See bei Ost-Berlin!"

„Ach ...", meinte er mit zunehmendem Unbehagen. Ging ihn das irgend was an? Ihn, den Leiter des Düsseldorfer K 1, einen westdeutschen Kriminalpolizisten? An seinem letzten Urlaubstag. Hier in Los Angeles, Kalifornien, USA?

„Jetzt, wo die Mauer doch offen ist!"

Verdutzt blickte er sie an. Sollte das was ändern?

1

Kapitän Mosiek steuert das Boot am Düsseldorfer Messegelände vorbei und drosselt die 800 PS starke Dieselmaschine herunter.

Wieder mal Überstunden. Und dann auch noch die Schreibarbeit im Stützpunkt der Wasserschutzpolizei. Kurz vor Schichtende, um 17 Uhr 30, hatte es am Stromkilometer 752, oben am Leuchtenburger Ort, geknallt. Die elektrische Ruderhilfe eines holländischen Binnentankers hatte ihren Geist aufgegeben. Am rechtsrheinischen Ufer auf Grund gelaufen, strömten aus einem schmalen Riß im Mittschiff des Havaristen kurzzeitig mehrere hundert Liter schweres Heizöl in den Strom. Sie hatten alle Hände voll zu tun gehabt, aber mit Hilfe der Feuerwehr war es der Besatzung von WSP 2 gelungen, eine größere Umweltkatastrophe zu verhindern.

Noch mal gutgegangen. Diesmal. Mit müden Augen starrt Mosiek auf den im Schein der Stadtlichter schimmernden Strom. Er kennt das hier alles auswendig. So ein schöner Apriltag. Warm war es bis in den Abend gewesen. Über zwanzig Grad. Sie hätten mit dem Motorrad rausfahren können. Irgendein Biergarten wäre vielleicht auf gewesen und …

„Soll ich da drüben noch mal draufhalten? Vorsichtshalber?“ Die Stimme von Ute Wolff reißt ihn aus seinen Gedanken.

Der Bootskapitän weiß, was mit „da drüben“ gemeint ist. Da liegen seit einigen Monaten die vier sogenannten Übersiedlerschiffe. Nach Öffnung der innerdeutschen Grenzen waren die Leute in einem gewaltigen Strom aus der DDR ins gelobte Land gekommen. Die Ostler aus Magdeburg, Glauchau und Stralsund. Anfangs ging das ja noch an, aber später war viel Pack dabei gewesen. Amnestierte Kriminelle, Profis, Alimentenflüchtlinge und sonstiges Gelichter. Und das alles in engen Schiffskabinen zusammengepfercht, ergab natürlich ein explosives Gemisch. So war denn auch kaum ein Tag vergangen, an dem es nicht zu irgendwelcher Randale auf den Dampfern gekommen war. Meistens im Suff. Was sollten die Leutchen auch sonst machen.

„Mm. Schmeiß mal ’ne Ladung Leuchtstoff rüber, Wölfchen!“ gibt Mosiek die Anweisung zum Einsatz des starken Scheinwerfers an die Polizeiobermeisterin.

Der grelle Lichtkegel fingert über das Wasser und streicht langsam an den Aufbauten der Passagierschiffe entlang. Zum Glück ist alles ruhig. ENGLISH LADY leuchtet der Name am Bug des letzten Schiffes im Schein des Werferstrahls auf.

„Das war’s. Ab nach … Halt!“

Gerade als Mosiek das Signal zum Abbruch der Aktion geben will, erfaßt das Licht einen aus dem dunklen Wasser herausragenden Gegenstand.

„Festhalten!“ befiehlt er rauh die Einstellung des Scheinwerfers und steuert WSP 2 längsseits des am Ufer vertäuten Dampfers.

„Mist, verdammter!“ knurrt Hauptmeister Werhahn, der gerade seine Sachen in der Kajüte zusammenpackt. „So ein beschissener Tag aber auch!“

Mit Hakenstangen hieven sie den Gegenstand an Bord.

Kurz nach neun Uhr abends unterrichtet Kommissar Mosiek auf dem 2-Meterband die Düsseldorfer Station vom Auffinden einer männlichen Wasserleiche längsseits der ENGLISH LADY.

Zigarren haben einen großen Nachteil.

Am Morgen danach hängt der kalte Nachhall abendlichen Vergnügens immer ekelhaft in sämtlichen Wohnungswinkeln. Leider machen auch kubanische Importe da keine Ausnahme. Und um dem unausweichlichen Geschimpfe seiner Haushälterin zu entgehen, hat Benedict die großen Schiebefenster zur Rheinseite hin geöffnet und sich zum Schutz gegen die hereindringende Abendkühle in eine Decke gewickelt. Leicht fröstelnd nach dem fast sommerlich warmen Tag, versucht er die Buchseite umzublättern.

Aus dem Radio klingt leiser Gesang herüber. Johnny Cash mit einer seiner Balladen. Sein USA-Urlaub existiert nur noch in verklärten Erinnerungs-Clips und ein paar hundert Fotos, die er dringend irgendwo einordnen müßte. Wahrscheinlich wird es niemals geschehen. Wie mit allen bisherigen Fotos. Manchmal sind unter diesen Memory-Clips auch ein letzter Tag in Los Angeles und ein ertrunkener US-Cowboy namens Dean Sanger. Aber beim Aufwachen hat Benedict das meistens wieder vergessen.

Ärgerlich zieht er die herabgerutschte Decke über die Schultern, um sich dann wieder auf den Lesestoff zu konzentrieren. Aber irgendwie dringt doch immer etwas feuchte Zugluft vom Rhein durch den nicht ganz abschließenden Wollstoff, und beim Versuch, sich richtig einzumummeln, fällt das schwere Buch auf den Boden. Da liegt er also zu seinen Füßen, der „Adler von Lübeck", das gewaltigste Kriegsschiff der Deutschen Hanse. In einem letzten Anfall von Großmannssucht hingeklotzter 3000 Tonnen Segler mit 1500 Mann Besatzung und über 100 Geschützen. Ein Dinosaurier mit Segeln. Und wie diese nicht überlebensfähig.

Seufzend beschließt Vitus H. Benedict Verzicht und läßt die „Schicksale berühmter Segelschiffe" auf dem Boden liegen. Von draußen dringen die üblichen Nachtgeräusche herein. Eine Straßenbahn rumpelt über die Rheinbrücke, auf dem Fluß blubbert ein Frachtkahn vorbei, und irgendwo fällt ein Wagenschlag zu. Die Normalität schließt ihm die Augen. Dösend fällt er in leichten Halbschlaf, aus dem ihn das Geräusch des Telefons hochschreckt.

„... Ja, hallo!" murmelt Benedict zerknittert in den Hörer. Nach einem kurzen Räuspern dann aber doch mit festerer Stimme: „Ja, Benedict!"

„Hier ist die Leitstelle. Die Wasserschutzkripo hat einen Toten aus dem Rhein gefischt. Sache fürs K 1 und für Sie!"

Fröstelnd wurstelt sich Benedict aus seiner Vermummung und fährt mit dem Aufzug runter in die Tiefgarage, wo sein Jaguar steht. Wie oft hatte er in den letzten Jahren daran gedacht, das unzeitgemäße Fahrzeug gegen etwas Kleines, Unauffälliges umzutauschen. Es war nicht nur sein wohl angeborener Hang zum Luxus, der ihn immer wieder daran gehindert hatte. Dieses für einen Polizisten viel zu teure Gefährt war das Hochzeitsgeschenk seiner Frau Kitty gewesen. Der elegante Jaguar bedeutete ihm zuviel, als das er ihn so einfach weggeben konnte.

Eine Art rollende Erinnerung, die ihn immer noch mit der bei einem Bergunfall ums Leben gekommenen Gefährtin verbindet. Er hatte die abweisenden Berge nie gemocht. Außer manch schiefem Kollegenblick hatte ihm das Fahrzeug aber auch noch eine gewisse Bekanntheit gesichert, die sich bei mancherlei Anlässen als hilfreich erwies.

Drüben auf der anderen Rheinseite weisen ihm kreisende Blaulichter den Weg zum Hafen. Der Liegeplatz der Übersiedlerschiffe ist weiträumig abgesperrt, aber Benedict kommt mit seinem Wagen fast bis an die Hafenmauer heran.

In der Helle des Notarztwagens kann er noch einen Blick auf den Toten werfen. Natürlich. Turnschuhe und stonewashed Jeans. Outfit der Zukurzgekommenen.

„Ertrunken?“

„Ja, schon“, antwortet der Mediziner zögernd.

„Aber?“

„Könnte auch schon vorher tot gewesen sein. Bei den Verletzungen.“ Der Mann im weißen Anzug schiebt das Plastiktuch zur Seite, und jetzt sieht auch Benedict, was der Arzt damit meint. Kopf und Oberkörper des Toten sind mit dunklen Flecken und offenen Wunden übersät.

Als Benedict dem in die Nacht davonfahrenden Notarztwagen nachsieht, werden seine Erinnerungen derart provoziert, so daß er die Stimme dieser Amerikanerin im Downtown Holiday Inn ganz deutlich sagen hört: „Dean Sanger wurde ermordet von der Stasi. In einem See bei Ost-Berlin!“

Es ist kurz nach Mitternacht, als er schließlich das Deck der ENGLISH LADY betritt.

„Na, auch schon auf?“ versucht er sich an einem Scherz, aber der frischgebackene Kommissar Ganser kann darüber nicht lachen.

„Bereitschaftsdienst!“ bellt er rauh, und das kalte Licht der Deckenleuchten hebt die dunklen Arbeitsringe unter den Augen hervor.

„Ich hab's doch gesagt ...“, murmelt der Dreißigjährige in der Lederjacke, als sie zusammen die Stufen zum Unterdeck heruntersteigen, „mit denen wird's noch Ärger geben!“

Benedict reagiert mit einem abweisenden Knurrlaut.

„Und sonst?“ fährt er seinen langjährigen Mitarbeiter in ungewöhnlich scharfem Tonfall an.

„Wir haben eine komplette Liste der Leute hier vom Boot. Sind fast alle da und werden jetzt nach und nach im Restaurant einvernommen.“

„Wir sind hier auf'm Schiff. Da heißt das Messe, du Landratte!“

„Wenn schon ...“, muffelt Ganser mürrisch.

Unten angekommen, ärgert Benedict sich über sein rüffliges Verhalten. Es sieht wirklich nicht wie auf einem Schiff aus. Eher wie in einem überfüllten Ausflugslokal. Die Leute vom K 1 haben sich über den Raum verteilt. Sitzen an den nackten Kunststofftischen, wo sie gerade die Erstbefragungen des Schiffspersonals durchführen. Die Luft ist schon jetzt stickig. Zigarettenqualm mischt sich mit öligem Dieselgeruch, dem Mief nasser Wäsche und abgestandenem Bierdunst. Den K 1-Leiter würgt es in der Magengegend. Wenigstens hat die Leitstelle seine wichtigsten Leute aufgetrieben, registriert Benedict befriedigt. Ganser, der ja sowieso Bereitschaft hatte, Doemges, Läppert und die Leiden-Oster. Alte Hasen, die garantieren, daß hier nichts schiefläuft.

Als ein Aggregat mit lautem Dröhnen anspringt, vermutlich die Klimaanlage, fangen ihm die Augen an zu tränen. Das würde wieder eine dieser üblen Nächte werden.

Er nickt seinen Leuten kurz zu und setzt sich ebenfalls an einen der freien Vernehmungstische.

„Hat mal jemand einen Block für mich?"

Der junge Beamte bringt mit dem Schreibblock auch gleich eine strohblonde Frau zur Befragung an seinen Tisch.

„Na, wo sind Sie denn her?" versucht er die Atmosphäre zu lockern.

Irgendwann hatte ja sowas mal kommen müssen, aber als es jetzt wirklich passiert und der ihm immer noch vertraute, breite pommersche Dialekt an sein Ohr dringt, bleibt ihm doch fast die Luft weg.

„Aus Greifswald." Wohl aus Gewohnheit schiebt sie noch rasch hinterher: „Das liegt an der Ostsee, im Norden der DDR, Bezirk Rostock."

„Das brauchen Sie mir nicht zu erklären!" reagiert er heute schon zum zweiten Mal unangebracht heftig.

Der Mai versucht den April wieder einzuholen.

Kleine, scharfe Regenschauer prasseln vom Rhein her gegen die Fenster. Kühle Zuglüfte zerren an den verzogenen Holztüren des Polizeipräsidiums und lassen den aschblonden Endvierziger am Schreibtisch leicht schaudern. Der alte Bau ist zwar erst kürzlich renoviert worden, bot aber auch danach nicht den Komfort eines Neubaus.

Benedict rührt gedankenverloren in seiner Tasse kalten Lapsong Souchong Tee herum und blättert dabei reichlich lustlos in den Befragungsprotokollen der vergangenen Wochen. Wenigstens die K 1-Crew scheint sich wie Bolle zu amüsieren. Durch die angelehnte Tür schallt wieherndes Gelächter in das Dienstzimmer des K 1-Leiters. Verursacher dieser Heiterkeit ist, wie häufig im vergangenen Monat,

Kommissar Gernot Ganser, der aus seinem schier unerschöpflichen Fundus sogenannter Ossi-Witze wieder mal ein paar Geschmacklosigkeiten zum besten gibt.

„Also noch einer … paßt auf …“

Benedict erhebt sich von seinem langweiligen Schreibtischplatz und geht ins Nebenzimmer, wo er sich neben der Verbindungstür mit dem Rücken an die Wand lehnt.

Ganser stockt etwas irritiert in seinem Vortrag, fährt aber nach einem vergewissernden Blick auf das Gesicht des Vorgesetzten fort. „Also, wie nennt man es, wenn zehn Mercedes zusammenstoßen? … Krieg der Sterne! … Und wenn zehn Trabis zusammenstoßen? … Eine Tupper-Party!“

Auch der Mann an der Wand kann sich ein amüsiertes Schmunzeln nicht verkneifen. Er, der mit seinem Eintritt Schlimmeres verhüten wollte, muß zugeben, daß das keiner von der üblen Sorte war. Manche der zur Zeit auch unter den Kollegen belachten Ossi-Witze sind von einer Qualität, die ihn an die rohen und brutalen sogenannten Türkenwitze der Vorwendezeit erinnerten. Zu deren Hochzeit hatte der K 1-Leiter sogar zu einem schriftlichen Umlauf greifen müssen, in dem er für das Erzählen dieser nicht selten menschenverachtenden Witze innerhalb der Diensträume disziplinarische Maßnahmen androhte. Der Erfolg dieser Anweisung war allerdings nie zu kontrollieren gewesen, aber wenigstens in seinem näheren Dienstbereich kehrten danach halbwegs zumutbare Zustände ein. Freunde, nein, Freunde hatte er sich damit nicht gemacht

„Noch einer“, sagt Ganser, vom Gelächter der Kollegen angespornt, „zwei, drei Tage nach Maueröffnung kommen die ersten Wessis mit dem Auto nach drüben. Fragt der Vopo an der Grenze einen Audi-Fahrer: ‚Nu, was'n das für'n Audi?' Sagt der Fahrer: ‚Ein Quattro!' Kratzt sich der Vopo am Kopf. ‚Quattro? Das hääßt doch viere, ne war?' Der Wessi nickt. ‚Und wieso sitzen da fümfe drinnen?'"

Als die kollektive Lachsalve erschallt, sitzt der Hauptkommissar schon wieder an seinem Schreibtisch über den Vernehmungsprotokollen.

Zwei oder drei Pointen später befreit ihn das Telefon von seinen lustlosen Bemühungen.

„Können Sie mal 's Oberdeck entern, Benedict?"

Die Stimme des Leitenden Kriminaldirektors ist ziemlich barsch unterlegt.

„Was nich' in Ordnung, Leitender?"

„Brauchen Sie eine Fax-Einladung, Herr Hauptkommissar?" kommt es jetzt noch steifer aus dem Hörer.

Das hört sich gar nicht gut an. Benedict hat zu seinem nächsten Vorgesetzten sonst ein sehr gutes Verhältnis, und manches Wochenende hat er schon gemeinsam mit dem „Leitenden" auf dessen Schiff im Ijsselmeer verbracht. Fachsimpelnd über Tampen und Knoten und „Seefahrt tut not" und den von Benedict angeschleppten Burgunder flaschenweise leerend. Aber das jetzt klingt nach ziemlich rauher See.

„Habt ihr noch was gefunden?" versucht er sich bei seinen Leuten für eventuelle unangenehme Fragen zu wappnen. Das traurige Kopfschütteln der eben noch so lautlustigen Kollegen Ganser, Leiden-Oster & Co. veranlaßt Benedict die Barschheit des „Leitenden" ungefiltert weiterzugeben: „Wenn Ihr meint, Ihr könnt hier ‚Lach- und Schießgesellschaft' spielen, dann müßt Ihr euch irgendwo mehr zahlendes Publikum besorgen! Solange der Staat euch bezahlt, macht, verdammt noch mal, eure Arbeit vernünftig!"

Als er wütend die Tür hinter sich zuknallt, glaubt er zu wissen, daß Ganser ihm jetzt da drinnen den Vogel zeigen wird. „Der Alte spinnt in letzter Zeit, findet ihr nicht?“

Es ist einer der dicken Neumann-Zwillinge, der kopfschüttelnd auf die im Rahmen vibrierende Tür starrt, während sein Bruder dem Satz durch eine entsprechende Handbewegung an die Stirn zusätzlich Ausdruck verleiht.

Es ist Gernot Ganser, dessen dunkle Augen sich zu engen Sehschlitzen verdichten, zischt scharf heraus: „Moment mal! Wir machen hier seit Wochen an dieser idiotischen Ossi-Leiche rum, kommen keinen Schritt weiter, und er muß sich außer meinen blöden Witzen auch noch die Anmache von ganz oben gefallen lassen … und das, wo diese Sache für ihn ganz besonders wichtig ist!“

Während die Neumänner mit rötlichen Gesichtern auf ihren Schreibtisch starren, Doemges und Läppert sich angelegentlich dem Verkehrsgeschehen auf der Lorettostraße widmen, liegt der Blick aus Maria Leiden-Osters weitaufgerissenen Augen mit unverhohlener Bewunderung auf Ganser. Nicht, daß sie ein besonderes Herz für Benedict hätte, ihre Gemeinsamkeiten lagen eher auf dem Felde kühlsachlicher Zusammenarbeit, aber die flammende Parteinahme des von ihr nicht nur kollegial geschätzten Jung-Kommissars erstaunte sie gerade zum jetzigen Zeitpunkt. Immerhin hatte sich, für alle alten K1ler erkennbar, das bis dahin fast innig zu nennende Arbeitsverhältnis zwischen Benedict und Ganser in den vergangenen Monaten merklich abgekühlt. Anfänglich und zu vorschnell hatte die Kommissarin vermutet, daß es mit der Beförderung Gansers zum Kommissar zu tun hätte, aber während der Ermittlungen zum Tod des Mannes von der

English Lady wurden ihr die Hintergründe des Konflikts offenkundig, und sie mußte ihre Meinung korrigieren.

Unter Zuhilfenahme der jetzt schon besser zugänglichen Informationsquellen im Osten hatten sie zwar die Identität des Rheintoten aufgrund einer Fingerabdruckabgleichung binnen einer Woche feststellen können, aber viel weiter hatte sie dieses Wissen bei den Todesermittlungen nicht gebracht. Sicher, sie wußten danach, daß der Tote Joachim Fuchs hieß und 43 Jahre alt war, und sie kannten auch seinen letzten Wohnsitz in Ost-Berlin, aber Hinweise auf Tatmotiv und Täter, in Form verwertbarer Fakten für den Staatsanwalt, enthielten auch die Informationen der Ost-Dienststelle nicht.

Ja, der Bericht der Rechtsmedizin hatte nach der Obduktion der Leiche keinerlei Zweifel mehr daran gelassen: der Tod des Mannes war gewaltsam herbeigeführt worden, und er war schon tot, bevor sein Körper an diesem lauen Aprilabend auf dem Wasser des trägen Stromes aufgeklatscht war. Und wie gewaltsam! Maria Leiden-Oster hatte den mit Schlag-, Tritt- und Würgemalen gezeichneten Körper in der kalten Grelle der Pathologie in Augenschein nehmen müssen. Die Spurenfahndung hatte sogar in mühevoller Kleinarbeit die Stelle ermitteln können, an welcher der Leichnam über die Reeling geworfen worden war. Soweit waren die Ermittlungen ja auch erfolgreich gewesen, aber dann …

„Woran hängt's?“

Die Stimme des Polizeipräsidenten ist zwar drängend, aber der Grundton der durch einen Vorhang blauen Zigarillorauches an Benedicts Ohren gelangenden Frage scheint dennoch wohlwollend.

Wie so oft schon verfolgt der Gefragte die Bewegung des Zeigers der elektrischen Wanduhr, um sich die nötige Konzentration für die Beantwortung der Frage zu verschaffen. Ja, woran hängt es, daß sie in dieser Sache nicht weiterkommen? Sollte er vielleicht zugeben, daß es der erfolgsgewohnten K1-Truppe nicht gelungen ist, aus der Vielzahl der Vernehmungsprotokolle etwaige Unschlüssigkeiten herauszufiltern, offensichtliche Absprachen nachzuweisen und mittels erstellter Bewegungsbilder den Täter einzukreisen, um ihn dann durch gezielte Befragungen in eine Situation zu führen, in der er die Aussichtslosigkeit weiteren Leugnens einsah? Oder zumindest eine lückenlose Indizienkette für den Staatsanwalt aufzubauen?

„Brauchen Sie mehr Leute? Sind Sie doch zu knapp?"

Dem Leitenden scheint Benedicts Schweigen als Antwort auf die Frage des Polizeipräsidenten denn doch nicht ausreichend.

„Nein, nein. Daran liegt's wohl nicht!"

Es war doch eine ganz normale Situation gewesen. Der Fall. Das Rauschen im Blätterwald der veröffentlichten Meinung. Die große Ermittlungskommission mit Tschingdarassabumm und Trommelwirbel. Pressekonferenz von Ermittlungsführern und Staatsanwälten. Dann ein neuer Fall. Die große Ermittlungskommission zieht weiter, Medien und Staatsanwälte in ihrem Schlepptau ... und K 1 nahm routiniert die Sachbearbeitung auf. Nichts, womit man sich großartig in der Öffentlichkeit profilieren konnte, wirklich nicht. Aber die intern geführte Statistik des Düsseldorfer Präsidiums zeigte ansteigende Aufklärungsquoten im Bereich Todes- und Brandermittlungen. Und das ganz gegen den sonstigen bundesweiten Trend. Aber bei dieser Sache, bei dem Mann aus Ost-Berlin, da war der Wurm drin … gegen Benedicts Willen gestaltet sich dieser letzte Gedanke zu einem entsprechenden Bild in seinem Inneren. Ganz unvermittelt stülpt sich ihm fast der Magen um. Fast rutscht ihm das Glas mit Mineralwasser aus den schweißnassen Händen, als er es zitternd an die Lippen führt. Mit nervösen, hastigen Schlucken bekämpft er das Würgen in entgegengesetzter Richtung.

„Wir haben ja noch ein weiteres Problem, Herr Benedict, auf das ich an dieser Stelle kurz aufmerksam machen möchte …"

Wie immer sind die Worte von Staatsanwalt Sprotte ‚kanzelreif', aber sie entbehren heute der gewohnten Schärfe. Benedict, nicht ahnend, daß sein eigenes, kalkweißes Gesicht Ursache der ungewohnten Milde des Anklagevertreters ist, wappnet sich daher mißtrauisch für eine erwartete Hinterlist.

„… In etwa einem Monat werden die Leutchen fast alle das Aufnahmeverfahren abgeschlossen haben! Dann kann jeder gehen, wohin er will, und wir haben keinerlei Handhabe, sie daran zu hindern … wenn wir nicht dringenden Tatverdacht in Einheit mit Fluchtgefahr nachweisen können!"

Sprotte, der sich mittlerweile wohl damit abgefunden hatte, daß die Robe in Karlsruhe eine Nummer zu rot für ihn war, bringt die Sache auf den Punkt. Die Zeit. Sie sitzt ihnen im Nacken. Und es ist anzunehmen, daß auch die Leute auf den vier Übersiedlerschiffen, insbesondere die auf der ENGLISH LADY, um den Zeitfaktor wissen und ihn für ihre Zwecke nutzen. Mit einer äußerlich an den Tag gelegten kooperativen Haltung – der K1-Leiter empfand sie im Verlauf der Ermittlungen immer mehr als aufgesetzt und liebdienerisch – hatten sie Ganser & Co. und auch ihn selbst mehrere Wochen an der

Nase herumgeführt. Benedict hatte in den Augen seiner eigenen Mannschaft ungewöhnlich viel Nachsicht und Zurückhaltung gegenüber den Leuten aus Anklam und Apolda gezeigt. Immer wieder ermahnte er seine Crew zu tolerantem, ja verständnisvollem Umgang mit den Ostlern. Ganser, der als einziger den Hintergrund von Benedicts milder Befangenheit kannte, versuchte sich bislang mehr oder weniger erfolglos als unglücklicher Vermittler zwischen den Fronten. Vor einer Woche schließlich hatte der Hauptkommissar das Ruder herumgeworfen. Wahrscheinlich war es zu spät gewesen, denn seither machten die Befragten den Vernehmern gegenüber deutlich, daß sie diese für die „Büttel des Klassenfeinds und Imperialismus" schlechthin hielten.

Jedenfalls taten sie so ... oder sie meinten es wirklich ... oder?

„Wir möchten Ihnen einen Vorschlag machen, Benedict ...", räuspert schließlich der Buddha in der karierten Jacke aus dichten Qualmwolken heraus.

2

Als er mit dem Jaguar in die breite Hans-Beimler-Straße einbiegt, ist es fast halb elf. Sicher, die zeitraubenden Kontrollen auf der Transitstrecke waren Vergangenheit, aber dafür hat die Verkehrsdichte in Richtung Osten zugenommen.

Er hat Glück und kann den Wagen auf der anderen Straßenseite, vor einem ‚Natascha'-Laden mit sowjetischer Volkskunst bequem parken. Langsam überquert er die Straße. Während er sich seinem neuen Arbeitsplatz nähert, pfeift er unbewußt eine Melodie vor sich hin. Das wird nicht einfach werden. So blauäugig ist er wirklich nicht. Ist schließlich kein Freundschaftsbesuch bei dänischen Polizeikollegen. Und seine eigenen Erfahrungen mit den „Organen“ einer vergangenen Zeit kann er auch nicht einfach so beiseite schieben. Dann, er nähert sich unaufhaltsam dem Eingang des klotzigen Polizeipräsidiums, strengt er sich an, seine aufkommenden Unlustgefühle zu verdrängen.

Irgendwie hatten irgendwelche Tagesschau-Filmberichte das Bild eines modernen, alles überragenden Hochhauses in seinem Kopf geformt. Mit Antennen, bis ins Schlafzimmer lauschend, und Video-Kameras, Straßenschluchten ausforschend. 1984.

Ein falsches Bild.

Der Bau ähnelt fast „seinem“ Präsidium am Düsseldorfer Jürgensplatz. Als er endlich die Vorhalle betritt, hat er fast das Gefühl „zu Hause“ zu sein.

„Guten Tag! Ich möchte zu Hauptkommissar Meißner!“

Die zivil gekleidete Frau hinter dem Pförtnertresen sieht mit Gleichmut – was sonst hatte er erwartet? – auf seinen Dienstausweis und greift zum Telefon.

„Der ... äh ... der Kollege aus Düsseldorf ist jetzt da! Ja, ist in Ordnung.“

Sie schiebt ihm einen Passierschein über den Tresen. Etwas beunruhigt sieht Benedict seine Dienstlegitimation in einer Art Postfach verschwinden, aber die Wachfrau begegnet seinem Blick mit dem Hinweis, daß er den Düsseldorfer Polizeiausweis beim Verlassen des Gebäudes zurückerhalten würde.

„Der Leiter MUK holt Sie dann gleich ab!“

Sein Kollege Ganser hatte zuerst sogar an einen Witz geglaubt, als Benedict nach der Sitzung beim

Polizeipräsidenten mit der Neuigkeit rausgerückt war. „Wie, du gehst nach Ost-Berlin?!“ hatte er so laut rausgeblökt, daß natürlich auch der Rest der Bullenmeute aufmerksam wurde. Aber Benedict wollte dazu sowieso nicht viel sagen, und der Rest des Tages war mit der Klärung organisatorischer Einzelheiten vergangen.

Gerade fragt Benedict sich noch spaßhaft, ob MUK vielleicht die Abkürzung für „Mörder und Killer“ sein könnte, als ein Mann direkt auf ihn zukommt.

„Sie sind Herr Benedict? Aus Düsseldorf? Mein Name ist Meißner, Leiter der MUK, guten Tag!“

„Ja ...“, räuspert sich der Angesprochene trocken.

Und als wäre nicht schon alles schwierig genug, ist da auch noch ein Paternoster, in dem sie die Fahrt nach oben antreten müssen. Ein Paternoster! Benedict vermied es im Düsseldorfer Präsidium stets, diese ächzenden, ihm zutiefst unheimlichen vorsintflutlichen Kästen zu benutzen. Er schluckt nur feige, während es rumpelnd und quietschend nach oben geht. Sein Blick saugt sich haltsuchend an Meißners glatten Gesichtszügen fest. Sicher versucht auch dieser, ein erstes Bild von Benedict zu gewinnen. Welchem Umstand wird er es wohl zuschreiben, daß dem West-Kollegen das Wasser in Strömen über das Gesicht fließt? Dann überbrückt Meißner leichtfüßig die Lücke zwischen Paternoster und glattgebohnertem Flurboden, während Benedict den Absprung verpaßt und in Meißners schon abgewandten Rücken hineintaumelt. Mürrisch beißt er zwischen verkrampften Lippen ein „Tschuldigung“ heraus und folgt dem Ostler auf unsicheren Füßen über den langen, spiegelglatten Flur.

Den Geruch kennt er noch von früher. Bohnerwachs, Braunkohle und übler Tabak. Und er ist ihm noch genauso unangenehm wie damals.

„Nu, wieder auf Pirsch?“ begrüßt Meißner die Person, die ihnen bei ihrem Eintritt in das Dienstzimmer den Rücken zukehrt. Als der Mann sich umdreht, blickt Benedict durch wolkigen Tabakqualm hindurch in spiegelnde Gläser eines Doppel-Fernglases.

„Sie sind das also. Einwandfrei, wie im Fernsehn!“ verlautet es anerkennend im breiten Ostseeschnack aus dem Mund unter dem Fernglas. „Was verbraucht die Nobelschleuder denn so?“

Mit einem Blick aus dem Fenster erkennt Benedict jetzt auch den Gegenstand der Observierung. Ein Jaguar auf der anderen Seite der breiten Straße.

„Benzin!“ entfährt es ihm da ärgerlich.

Der Adressat seiner unwirschen Antwort nimmt nun langsam das Glas herunter. Ein fast unschuldig anzusehendes Rundgesicht kommt zum Vorschein. Darin schimmern ihn babyblaue Augen fröhlich an. Ohne Bosheit. Und so geht dem Polizisten aus Düsseldorf die Entschuldigung denn auch ziemlich leicht über die Lippen.

„Tut mir leid, Kollege, aber ich reagier da eben etwas allergisch!“

„Allergisch? So was konnten wir uns hier nie leisten. Nu, is' ja kein Dings … übrigens, Engel … das ist mein Name!“

Verwirrt dreht Benedict sich um. Versucht, aus der Miene des MUK-Leiters herauszulesen, ob er hier astrein verkohlt werden soll.

„Ist Fakt!“ murmelt der aber mit abwesendem Gesichtsausdruck und verschwindet durch eine Verbindungstür ins Nebenzimmer. Der Düsseldorfer hat keine Chance, sich dazu zu äußern, denn der Mann mit dem zum Gesicht passenden Namen kräht dem Entschwundenen lauthals hinterher: „Übrigens, Kollege Bindestrich Genosse Bindestrich Major

Bindestrich Herbert! Du sollst dich mit dem Fahrer der Millionärsschleuder da unten sofort beim K-Leiter und ... Seiner Grauen Eminenz melden! Zack, zack!“

Sollte der MUK-Leiter Herbert Meißner sich über die Art seines Kollegen ärgern, ist ihm dieses kaum anzumerken, als sein Kopf blitzartig wieder im Türrahmen erscheint. „Hättste ooch gleich sagen können, Rainer! Noch bist du schließlich im Dienst, Engel! Und außerdem heißt das jetzt nicht mehr Major, weißt du doch ganz genau!“

„Gut, daß du mich dran erinnerst. Die Altlast Oberleutnant Engel bleibt euch genau noch 27 Tage und 13 Stunden erhalten, dann ist der reine Engel von VP-Mitte Richtung freie Wirtschaft abgeflogen und du, Verdienter Kriminalist des Volkes, Genosse und Major a. D., wirst wahrscheinlich dann unten den Türsteher für die grünen Lakaien der neuen Ordnung machen!“

„Aber sonst ist noch alles *charascho* bei dir? Wir sprechen uns gleich, wenn ich mit unserem ... Besuch zurück bin!“

Als Benedict hinter Meißner das Dienstzimmer der MUK verläßt, stößt der Mann mit dem lächelnden Babygesicht die rechte Faust in die Luft und ruft ihnen fröhlich hinterher: „*Druschba, Towarischtsch!* Auf fröhliche Selbstkritik im Kollektiv!“

Draußen dann murmelt Meißner ein tonloses: „Kann von Glück sagen, daß das für die Kaderakte keine Rolle mehr spielt“, um dann zielsicher wieder dem Paternoster zuzustreben.

„Wo müssen wir denn hin?“ versucht Benedict irgendwie in eine Unterhaltung mit dem farblosen MUK-Leiter zu kommen.

„Einen Stock höher, zum Leiter der K!“

„Und da gibt's keine Treppen? Ich meine, ist doch nur ein Stockwerk ..."

Der Blick aus den rauchgrauen Augen des jetzigen Hauptkommissars richtet sich mit plötzlich erwachtem Interesse auf den Mann aus Westdeutschland, aber genauso überraschend erscheint dann doch wieder dieser Ausdruck gleichgültiger Müdigkeit, und mit einem „wird umgebaut" beantwortet er steiflippig Benedicts Frage.

Da ihm das Ziel bekannt ist, gelingt ihm diesmal ein relativ elegant aussehender Absprung, der allerdings so schwungvoll ausfällt, daß er mit der Stirn fast gegen die Tür eines gegenüberliegenden Dienstraumes prallt. *Leiter K* steht da an der Tür vor seinen erschrockenen Augen. Meißners Blick hat jetzt einen mitleidvollen Ausdruck.

„Genau da wollen wir hin. Zimmer 6029 ... damit Sie sich nicht doch noch verlaufen!"

Sollte dieser Ost-Vopo etwa die Gabe der Ironie besitzen, oder meint der das wirklich ernst?

„Überraschung!!!"

Na, das is'n Ding! Den Mann, der bei ihrem Eintritt so geschmeidig von seinem mit Unterlagen überhäuften Arbeitstisch aufspringt, hat er hier am allerwenigsten erwartet. Auf eine Vorzimmerdame war er eingerichtet. Aber nicht auf Beyer. Ja, *der* Beyer. Vom LKA Berlin. Mit dem er kurz vorm Mauerfall bei dieser IRA-Geschichte zusammenarbeiten mußte. Ein echter Großkotz. Mit dicker Berliner Spucke dran.

„Sie können schon mal reingehen, zu Ihrem Chef!" sagt er kühl zu Meißner hin.

O ja. Den Ton kennt Benedict. Hatte er bei ihm auch versucht, damals. Und das auch noch vor dem englischen SIB-Captain und den Kollegen aus Belfast und Dublin. Würde der Beyer sicher nie wieder machen ... bei ihm.

Jetzt, da Meißner gehorsam abgetreten ist, scheint der LKA-Mann Tacheles mit ihm reden zu wollen.

„Bevor du da reingehst, kleines Briefing, Kollege: also, halt dich mit den Ossis zurück. Ihr sollt zwar zusammenarbeiten, aber bitte ... wir wissen noch nicht so richtig, was wir von den Kollegen mit der anderen Dienstmarke halten sollen ... bleib also auf Distanz. Zweites Prinzip: wunder dich über nichts, was du hier siehst oder wer dir hier begegnet, klaro?“

„Und was machst du hier?“

„Sekretärin, Personalreferent, Verbindungs- und Beratungskommando West ... was immer wem am liebsten ist, klaro! Also, nicht wundern und immer schön raushalten! Und jetzt kannst du dich bei dem da anmelden, aber ...“, er senkt seine Stimme zu einem Vertraulichkeit suggerierenden Ton herab, „das ist sowieso nur eine Formsache, der hat vielleicht morgen schon nichts mehr zu sagen. Du verstehst!“

Dieses widerliche Augenzwinkern hatte Benedict schon damals nicht gemocht, aber er ist hier auf unvertrautem Terrain und muß sich den Mann warmhalten. Also keinen harschen Kommentar diesmal, sondern ein unverbindlich höfliches „ist in Ordnung!“, bevor er an die Tür des Nebenraums klopft.

Die Tür öffnet sich so abrupt, daß Hauptkommissar Meißner wohl mit der Hand auf der Klinke drinnen gewartet haben muß.

„Der Kollege Benedict von der Kripo Düsseldorf!“

In dem großen Eckraum, drei zusammengelegte Normalbüros, vermutet der Düsseldorfer, sitzen zwei Männer, beide um die Sechzig. Der Vierschrötige mit dem kantig geformten Faltengesicht erhebt sich schwerfällig hinter einem großen Schreibtisch und streckt ihm die Hand zum Willkommen entgegen.

„Hennicks. Leiter der K im Präsidium. Bitte setzen Sie sich doch ... Du auch, Herbert!“ nickt er dem MUK-Leiter förmlich zu.

Nachdem sie nebeneinander an dem Besprechungstisch vor dem großen Schreibmöbel des K-Leiters Platz genommen haben, richtet Benedict seinen Blick forschend auf den vierten Mann im Zimmer, der ihnen gegenüber am langen Konferenztisch sitzt und ihm irgendwie bekannt vorkommt. Bevor die Angelegenheit aber unhöflich wird, verzieht der spärlich Behaarte das sonnengebräunte Gesicht zu einem gewinnenden Lächeln.

„Kriminalrat Strötker“, kollert es raumfüllend aus dem mächtigen Brustkasten heraus, „ich habe hier nur beratende Funktion, also nehmen Sie offiziell keine Notiz von meiner Anwesenheit!“

Der abwartend auf Strötker gerichtete Blick des K-Leiters scheint ihn aber Lügen zu strafen. Sicher, der Leiter der Ost-Kripo sitzt hinter dem imposantesten Arbeitsmöbel, dem oberflächlichen Beobachter den Eindruck des Hausherren vermittelnd, aber das Machtzentrum im Raum verkörpert doch wohl dieser Braungebrannte aus ... Bonn ... fällt es Benedict jetzt endlich wieder ein. Bei einer Besprechung im Innenministerium hatte er ihn als Referenten erlebt.

Also, daher weht der Wind. Und jetzt wird ihm auch klar, warum der „Leitende“ in der letzten Zeit so oft bei den Kollegen der Düsseldorfer Partnerstadt im Wieder-Chemnitz ist.

Während der Hauptkommissar aus Düsseldorf noch versucht, seiner Verwirrung Herr zu werden, immerhin ist ja noch nicht mal die Währungsunion vollzogen, löst ein aufmunternder Blick des Bonner Beraters in Richtung des Leiters der Ost-Kripo die beklemmende Starre auf.

„Ja ... mmh ... Herbert, also der Kollege Benedict wird also unten in der MUK mit dir zusammenarbeiten. Soweit das die Ermittlungen in der Todessache Fuchs betrifft, ist also … und das ist Anweisung aus der Mauerstraße … dem Düsseldorfer Kollegen jegliche Unterstützung zu gewähren …“

Der Mann hinter dem Riesenmöbel fährt sich mit den knorrigen Fingern unter den engen Hemdkragen. Das aschfahle Gesicht ist von scharfen Kerben durchzogen. Seine Hand greift mit einer fahrigen Bewegung nach der schwarzweißen Packung auf dem Schreibtisch. Er inhaliert so gierig, daß Benedict schon beim Zusehen einen Hustenanfall bekommen könnte. Irgendwie tut ihm der Mann mit der *Karo* zwischen den blauen Lippen leid. Wenn das nämlich einer von *der* Sorte war, dann mußten in ihm ja Welten zusammengebrochen sein. Und jetzt auch noch so was.

„Wissen Sie denn schon, wo Sie unterkommen werden, Herr Benedict?“

„Nein, bis jetzt noch nicht.“

Der Dicke aus Bonn hat beschlossen, den hilfesuchenden Blick des Ost-Leiters nicht zu beachten. Er konzentriert sich angelegentlich auf die polierten Nägel seiner gepflegten Hände.

„Also, das wird ja wohl hier etwas länger dauern. Dann bringen wir Sie am besten im Gästehaus der VP, draußen in Marzahn, unter. Es sei denn, Sie möchten lieber in Berlin-West … ist ja jetzt kein Problem …?“

Nein. Benedict wollte nicht in West-Berlin wohnen. Wenn er schon hier arbeitet, dann auch richtig.

„Das geht in Ordnung … mit dem Gästehaus, meine ich, gerne!“

„Wie Sie meinen! Herbert, du klärst das dann mit dem Objektleiter … äh …, mit den Leuten in Marzahn. Und organisiert bitte auch den Transport! Alles weitere klärt ihr dann am besten unter euch …

Fachleuten ... seid ja Kriminalisten. Dann wünsche ich erfolgreiche Zusammenarbeit und ... vielleicht hätten die Herren ja jetzt Lust auf einen kleinen Begrüßungsschluck ...?“

„Etwas noch“, löst Strötker plötzlich den Blick von seinen Fingernägeln, „der Hauptkommissar braucht einen Hausausweis. Schließlich muß er unseren Dienstausweis ja bei sich haben. Aus Gründen der Legitimation, oder?“

„Ja, sicher, selbstverständlich!“ beeilt sich der Leiter der Ost-Kripo, dem Wunsch des Beraters zu entsprechen.

„Mensch Herbert, Jugendfreund, Du kannst den doch nicht mit diesem Wagen an den Murtzaner Ring schicken. Du weißt doch, was da los ist. Heute gestohlen, morgen in Polen!“

„Ja ...“, sagt Meißner und kratzt sich leicht verlegen das Kinn.

Dem „immer noch“-Oberleutnant Engel scheinen derartige Anwandlungen fremd zu sein, und er grinst pausbäckig. „Stellen Sie die Schleuder solange auf den Innenhof im Präsidium. Haben unsere Leute doch auch mal was Schönes zu sehen. Nich’ bloß immer Barkas und Wartburgs!“

„Geht das denn?“ vergewissert sich Benedict mit einem Blick zum MUK-Leiter.

„Für Ihresgleichen geht hier doch jetzt alles!“ ist Engel auch diesmal wieder schneller, und der Polizist vom Rhein hört nun auch bei ihm erstmals diesen Unterton verdrossenen Mißmuts heraus.

„Wird schon in Ordnung gehn“, bestätigt auch Meißner kurz und sachlich. „Ich bring Sie dann raus nach Marzahn und setz Sie da ab.“

Genau wie Engel gesagt hatte. Das Auto mit dem Düsseldorfer Kennzeichen ist nicht einmal der einzige Westwagen im Hof des VP-Präsidiums, aber es ist zweifelsohne das feinste Gefährt. Und die Herstellung seines Hausausweises in der Abteilung Kriminaltechnik hatte nur ganze drei Minuten gedauert. Mit seinem eigenen Dienstausweis in der Tasche fühlt sich Benedict schon viel wohler, als er, neben Meißner auf dem Beifahrersitz des Wartburg sitzend, den Hof des Präsidiums der VP verläßt.

„TONI 170, kommen!" spricht der MUK-Leiter über Funk.

„TONI 170, kommen!" knattert es rauschend aus dem Lautsprecher.

„TONI 170, gehe auf Empfang!"

„TONI 170, Ende!"

Wahnsinn, denkt Benedict.

Langsam tuckert der Kripo-Wartburg durch den starken Nachmittagsverkehr Richtung Marzahn. Wahnsinn. Hier sitze ich und höre den Funkverkehr der VP mit. Ganz offiziell. Und vor einem Jahr habe ich noch auf der anderen Seite gestanden. Wütend und verbittert.

„Wahnsinn!"

„Mm. Die Probleme hatten wir vor der Wende nicht. Jetzt fahren sie alle wie die Henker. Und dann die Rostlauben von drüben, die sie den Leuten hier andrehen ..."

Es war ihm einfach laut rausgerutscht, und Meißner hatte es offensichtlich anders interpretiert, als er es gemeint hatte. Er wird mit seinen Äußerungen etwas bedachter umgehen müssen. Auch weiß er ja inzwischen schon mehr. MUK heißt also „Morduntersuchungskommission", und es gibt da auch noch eine BUK, eine „Branduntersuchungskommission". In Düsseldorf lief das alles in einer Hand. Die militärischen Ränge sind ja zum Glück als erstes abgeschafft worden, aber wenn er daran denkt, was er vorhin mit Engel im Präsidium erlebt hat … da scheinen sich einige an die zivileren Dienstränge schlecht gewöhnen zu können. Die vom kantigen Leiter der K – PdVP Berlin, Hauptstadt der DDR – vorhin erwähnte Mauerstraße ist der Sitz des Leiters der Haupt-Abteilung Kripo der VP der DDR. Und von da, hatte ihm Engel erklärt, geht der direkte Draht zum „inneren Diestel", wie er das Ministerium des Inneren der DDR etwas abschätzig tituliert hatte. Und das morgen frühes Aufstehen angesagt ist, weiß Benedict jetzt auch. Um 7 Uhr 30 ist Dienstbesprechung beim Leiter der K. Na, wenigstens kennt er den schon.

„Also, den Engel find' ich nett", versucht Benedict die schweigsame Fahrt aufzulockern. – „So?"

Himmel noch mal, ist das ein Stockfisch!

„Warum geht der eigentlich? Scheint doch ganz in Ordnung zu sein!?"

„Ach … das fragen Sie ihn doch besser selbst. Scheinen ja ganz gut mit ihm zu können!"

Was die zukünftige Zusammenarbeit mit Meißner betrifft, schwant Hauptkommissar Benedict Fürchterliches. Wenn der das unter „kooperativer Zusammenarbeit" versteht – na, Prost Mahlzeit!

Benedict hatte schon von Marzahn gehört, aber die Wirklichkeit übertrifft alles Hörensagen. Dagegen ist Düsseldorf Garath geradezu ein Sinnbild fröhlich-gemütlicher Urbanität. Und das nannten die hier bevorzugte Wohnlage? Mein Gott, hätte er vielleicht doch lieber in West-Berlin …

„Da sind wir!"

Das Dienstvehikel kommt hinter einem auf seinen Felgen aufgebockten und ausgeschlachteten PKW, Marke Trabant, zum Stehen.

Das Gästehaus der VP ist ein flacher Bau und duckt sich im Schatten der umstehenden Wohnblöcke. Benedict windet sich ächzend aus dem Beifahrersitz heraus. Plötzlich hält er in der Bewegung inne. Lauscht. Wendet den Kopf hinüber zur anderen Straßenseite, horcht. Ein lang anschwellendes, helles Stöhnen geht in einen gleichmäßig sonoren Brummton über. Metallisch quietschende Schleifgeräusche eiserner Radfelgen. Mit verklärtem Gesichtsausdruck nimmt der Mann aus Düsseldorf diese lange vermißten Töne in sich auf.

„Die richtige S-Bahn!“ entfährt es ihm verzückt.

Meißner, der ihn bis jetzt nur verblüfft angestarrt hatte, läßt den dünnen Anflug eines amüsierten Lächelns zu.

„Nu, klar doch. Da drüben is ja ooch der S-Bahnhof Karl-Maron-Straße. Die wer'n Se jetze öfters hören!“

Drinnen, im Gästehaus der VP, riecht es nach alten Leuten und Bohnerwachs. Benedict muß sich eben daran gewöhnen. An manches andere wohl auch. Telefon ist nämlich nicht. Zumindest nicht in dem spartanisch eingerichteten Zimmer. Aber es gibt eine kleine Küche, und so beschließt er, nachdem Meißner sich verabschiedet hat, ein paar Einkäufe zu tätigen.

Dann ist aber die Verlockung doch zu groß. Magisch zieht sie ihn an, die ocker-rotbraune Wagenschlange. Er steigt an der Karl-Maron-Straße für ein ungewöhnlich geringes Entgelt in einen der eckig-altertümlichen Waggons. Und fährt. Und fährt. Marzahn, Bruno-Leuschner-Straße, Otto-Winzer-Straße, Ahrensfelde und zurück und weiter. Springpfuhl, Friedrichsfelde-Ost, Bahnhof Lichtenberg und Ostkreuz und nochmal und nochmal. Wie ein Süchtiger gibt er sich seiner Begierde hin. Wie hat er sie vermißt. Da, wo er herkam, gaben sie den von E- oder Diesel-Loks gezogenen Transportkapazitäten den Namen S-Bahn. Benedict hatte das immer schon als Hochstapelei empfunden. Jetzt endlich sitzt er wieder im Original.

Spät abends dann, in dem ungewohnten Bett, rattert er noch immer über Weichen, schrillt das Abfahrtklingeln in seinen Ohren, hallt es hohl in seinem Kopf: „Zuurrückbleiben!". Kurz bevor endlich der Schlaf kommt, besteigt ein Fahrkartenkontrolleur den fast leeren, dahinrüttelnden Wagen. Als Benedict ihm seinen in Ost-Berlin gelösten Fahrschein vorzeigt, schüttelt er den Kopf. So als wollte er sagen: „Aber Sie sind doch aus dem Westen, wie können Sie denn da mit einem Fahrschein aus dem Osten fahren!" Dabei richtet sich der Blick des Kontrolleurs mit bohrendem Mißtrauen auf Benedict. Diese Augen gehören zu keinem Reichsbahner. Sie gehören zu einem Gesicht, dem er heute so unverhofft im Präsidium begegnet war. Im Vorzimmer des Leiters der K. Diese mißtrauischen Augen gehören zum Gesicht des LKA-Mannes Beyer aus Berlin, in Klammern West.

Warum der mich bloß so mißtrauisch anglotzt? Kann dem doch wirklich egal sein, wo ich schlafe. Ob in West-Berlin oder in der Hauptstadt der …

3

„Na, du alter Kriegsgewinnler!"

Wie gerädert fühlt sich Benedict heute, an seinem ersten Arbeitstag im Präsidium der Volkspolizei. Auch in Düsseldorf ist frühes Aufstehen nicht seine Sache. Außerdem interessieren ihn diese Toten in der DDR nicht besonders. Ein kubanischer Gastarbeiter – Vertragsarbeiter werden sie hier genannt –, ist in einem Arbeiterwohnheim in Lichtenberg mit einer Machete erstochen worden. Vernehmung des Täters in der U-Haft und so weiter. Warum wohl hat der Engel vorhin den Meißner als „Kriegsgewinnler“ angeredet? Wie hat er das gemeint? Jedenfalls hat der stockfischige MUK-Leiter innerlich ganz schön geschäumt. Sollte er den Engel nachher mal anzapfen? Scheint sowieso der einzig Lockere in diesem Laden zu sein.

„Herr Benedict?“

Da muß irgend etwas an ihm vorbeigegangen sein.

„Noch nicht so ganz frisch, was?“ der K-Leiter macht trotz der frühen Stunde einen gesünderen Eindruck als gestern bei der Begrüßung. Vielleicht liegt das aber einfach daran, daß der Kriminalrat Strötker aus Bonn auch nicht zu den Fühaufstehern zu zählen scheint.

„Also, der Hauptkommissar Meißner hat für Sie unten einen Schreibtisch bereitgestellt, an dem Sie arbeiten können. Wenn Sie telefonieren müssen, innerhalb Berlins, also ... hm ..., unseres Berlins, ist das problemlos. Für Gespräche in die Republik müssen Sie über die Vermittlung gehen, das ist die Neun. Und, ja, wenn Sie mit anderen VP-Dienststellen sprechen müssen, können Sie über das Polizeisondernetz gehen. Zeig dem Kollegen das, Herbert. Und jetzt noch was ... also, da muß jetzt wirklich nicht die ganze MUK dabei sein ...“

Hauptkommissar Meißner scheucht seine Truppe mit einem kurzen Blick aus dem Zimmer des K-Leiters, und erst nachdem die Tür hinter ihnen zu ist, fährt Hennicks fort.

„Wir haben Ihnen hier alles uns zur Verfügung stehende Material über den Fuchs zusammengestellt. Sie lesen sich das wohl besser durch, bevor Sie

Genosse … äh, der Hauptkommissar Meißner rüber in die Normannenstraße bringt."

„Zur Normannenstraße? Das ist doch …"

„Genau das. Aber darüber wird Ihnen Meißner gleich noch mehr sagen."

Unten in der MUK sieht Benedict, daß er es ganz gut getroffen hat. Er befindet sich mit seinem Schreibtisch in der Gesellschaft des Oberleutnants Engel, und das verbessert seine Stimmung doch erheblich. Während Meißner mit einem mürrischen „kommen Sie dann gleich mal zu mir rein" in seinem Dienstzimmer verschwindet, feixt Engel über das ganze Gesicht.

„Na, vergattert worden? Habe Ihnen 'n paar Sachen hingelegt. Was man so als DDR-Gastkriminaler braucht."

Auch Benedict muß grinsen. Neben einem Notizblock mit der Aufschrift VEB VERPACKUNGSMITTELWERKE BERLIN liegt die Dienstagsausgabe des NEUEN DEUTSCHLAND. Kopfschüttelnd nimmt er eines der zwei bereitliegenden Bücher in die Hand. Es ist rot und trägt den Titel HANDBUCH DES KRIMINALISTEN. Als er den zweiten Titel liest, weiß er nicht, was er davon halten soll. WÖRTERBUCH SOZIALISTISCHER KRIMINALISTIK.

„Schenke ich Ihnen aus meinen Beständen. Da, wo ich hingehe, brauche ich das nicht mehr!"

Bevor Vitus H. Benedict aber weiterfragen kann, erscheint Meißners Kopf in der Tür. Seinem drängenden „Bitte, Herr Benedict!" kann er sich nicht verweigern.

„Haben Sie schon mal reingesehen?"

„Oh, nein." Er hält den dünnen Hefter noch immer in der Hand.

„Na ja, vielleicht lesen Sie das dann auch gleich

im Archiv. Müssen sowieso los. Sage Ihnen auf dem Weg nach Lichtenberg, was Fakt ist!"

Die breite Karl-Marx-Allee mit ihrer exotisch anmutenden Zuckerbäckerarchitektur geht irgendwann in die Frankfurter Allee über. Für Benedict immer noch die Stalinallee, auch wenn sie im Gefolge des soundsovielten Parteitages der KPdSU plötzlich zur Karl-Marx- und Frankfurter Allee geworden war. Wolfgang Neuss, der mittlerweile wohl im Hasch-Himmel gelandete Pauken-Kabarettist, hatte in seiner kodderig-hinterfotzigen Art mal gefragt, wer denn nun wieder dieser Herr Frankfurter sei – man wird ja janz meschugge, janz nervös! Wieder einmal muß Benedict in Anwesenheit des MUK-Leiters unbewußt laut lachen. Und wieder einmal kann sein stieseliger Begleiter damit nichts anfangen.

„Der Fuchs war kein Fuchs, der hieß nur so."

Damit wiederum kann Benedict nichts anfangen.

„Bitte?"

„Wenn Sie vorhin da mal reingeguckt hätten, wüßten Sie's!" kartet der Ost-Kriminale nach. „Ihre Düsseldorfer Wasserleiche, der sogenannte Herr Joachim Fuchs aus der Bergstraße 19, war ‚Schild und Schwert der Partei der Arbeiterklasse'."

„Hmm?"

„Nu, er gehörte zur Firma ..."

Das muß Benedict erst mal verdauen.

„Sie meinen ... er war ein IM oder so was?"

„Nee. Kein informeller, ein richtiger. Und zwar einer von der ganz besonderen Sorte. Jedenfalls so besonders, daß wir bei uns keine Informationen darüber haben. Die gibt's nur da!"

Meißners Kopf deutet in Richtung des gewaltigen Gebäudekomplexes, der zu ihrer Linken auftaucht.

Sie parken den Dienstwagen gegenüber einem

Friedhof in der Ruschestraße, und als sie hinüber zur Anmeldung gehen, macht der Leiter der MUK keinen sehr glücklichen Eindruck. Die Wachposten der VP lassen sie beide anstandslos passieren, nachdem Meißner ein paar Worte mit ihnen gewechselt hat. Dann aber wird es schwierig. In der Anmeldung übergibt der Mann aus dem Präsidium ein Schreiben, das der Wachhabende mustert und mißtrauisch auf seine Echtheit hin überprüft. Einer der Männer verschwindet schließlich mit dem Schreiben in einem rückwärtigen Raum, und Schweigen hängt über den Wartenden. Meißner versucht zwar, möglichst gleichgültig dreinzublicken, aber es ist ihm anzumerken, daß das hier nicht seine Welt ist. Auch Benedict fühlt sich ungemütlich an alte Zeiten erinnert. Als der Mann mit dem Schreiben in der Hand endlich zurückkommt, verkündet sein Gesichtsausdruck nichts Gutes.

„Von uns aus ist das ja ausreichend, aber wir haben das nicht alleine zu bestimmen. Es kommt gleich jemand ..."

Der junge Bärtige, der sie wenig später mißtrauisch mustert, scheint überhaupt nicht hierher zu passen. Das kränklich weiße Gesicht über dem angeschmuddelten T-Shirt zeugt von wenig Schlaf und ungesunder Ernährung. Meißner reagiert auf den Burschen mit versteifter Körperhaltung.

„Nu, was ist los?" fragt er. „Wir haben eine ordentliche Zutrittsberechtigung des Ministeriums des Inneren der DDR, das langt doch wohl, oder?!"

Der harsche Ton des Kriminalisten macht keinen Eindruck auf den jungen Mann. Mit einem schiefen Blick auf das offizielle Schreiben zuckt er die Achseln.

„Und wer sind denn Sie?"

Meißner zeigt ihm wortlos einen Dienstausweis.

„Die Genehmigung gilt sowieso nur für einen Vitus H. Benedict. Aus … Düsseldorf?“ Mit gerunzelter Stirn betrachtet er den Mann aus dem Westen. „Sind Sie das?“

„Ja. Hauptkommissar Benedict von der Kripo Düsseldorf. Ich ermittle hier in einer Mordsache.“

„Kommen Sie doch beide mal mit in die Gotlindestraße!“

Als sie wieder auf der Ruschestraße den schnellen Schritten des Bärtigen folgen, fragt Benedict den MUK-Leiter: „Wo gehn wir hin, wer ist das?“

„Bürgerkomitee“, nuschelt Meißner leise und, wie es scheint, mißmutig.

Die jungen Leute in der Gotlindestraße trauen dem offiziellen Schreiben aus dem Hause Diestel offenbar wenig, und während die beiden Polizisten in einem Vorraum warten, dringen Bruchstücke einer heftigen Diskussion, ab und zu unterbrochen von Telefonaten, an ihre Ohren. Nach fast einer Stunde nervenden Wartens wird Benedict endlich reingerufen.

„Wir haben sowas nicht gerne!“

Er hat die junge Frau mit den skeptischen Augen bestimmt schon mal gesehen. In einem der unzähligen Fernsehberichte über die Verhandlungen des Runden Tisches. Jetzt sitzt sie ihm gegenüber, das bekritzelte Schreiben des MdI vor sich, und schüttelt den Kopf.

„Bitte, das geht nicht gegen Sie. Aber es kommen so viele Leute mit offiziellen Schreiben von allen möglichen Stellen … da ist schon so viel beiseite geschafft worden … warum müssen Sie denn in die Zentral-Kartei?“

Na, die sind ja gut. Er wußte bis heute morgen ja selbst nicht, daß er in die Normannenstraße mußte. Was soll er da erklären?

„Ich bin auf der Suche nach den Hintergründen eines Mordes an einem DDR-Bürger in Düsseldorf. Man hat mir von der Ost-Kripo gerade erst heute morgen mitgeteilt, daß der Tote vermutlich ein Mitarbeiter, ein hoher Mitarbeiter des MfS gewesen ist. Und dieses ist wohl der einzige Ort, an dem ich mehr über ihn erfahren kann … und über mögliche Motive für den Mord an ihm."

Unschlüssig schiebt sie das Schreiben auf dem Schreibtisch hin und her. „Ich habe das nicht so gerne, wenn jetzt auch schon BRD-Polizei hier mitmischt. Also, ich muß das erst noch woanders abklären. Wo kann ich Sie telefonisch erreichen?"

„Im Präsidium der VP an der Beimlerstraße. Die Telefonnummer lassen Sie sich am besten vom Kollegen Meißner geben!"

„Ach ja … Sie nennen sich jetzt Kollegen."

Als sie am Fuße der Sicherheits-Monolithen in der Ruschestraße wieder in den Wartburg steigen, bricht Meißner bissig sein mürrisches Schweigen. „Ein Affenzirkus ist das hier mittlerweile! Kein Mensch weiß, wer was zu sagen hat! MdI, Regierungskommission, AfNS, Staatsarchiv und die Bürgerkomitees, jeder mißtraut jedem. Das ist doch kein ordentliches Arbeiten!"

Der mißhandelte Wartburg verweigert störrisch den nächsthöheren Gang und bleibt ruckelnd auf der Straße stehen. Ein Hupkonzert setzt ein.

In der Kantine des Präsidiums bekommt Benedict dann Gesellschaft von Oberleutnant Engel, der ihm bei Hackbraten mit Sättigungsbeilage an einem der Vierertische Gesellschaft leistet.

„Nich' so gut gelaufen, was?"

Muß ihn der Meißner wohl auf seinem Weg nach oben getroffen haben. Jedenfalls scheint der Engel schon informiert zu sein.

„Machen Sie sich eben einen freien Nachmittag", meint er kauend, „im Centrum-Warenhaus am Alex werden die restlichen Warenbestände der DDR-Produktion unters Volk gebracht, oder ... fahren Sie doch mal wieder S-Bahn!"

Fast hätte sich Benedict die gehäufte Alu-Gabel ins Kinn gestochen. Wie kommt der Engel denn darauf?

Nachdenklich kaut er auf dem Fleischgemisch herum, bevor er mit seiner Frage kontert: „Was haben Sie denn mit dem Meißner heute früh gehabt? ‚Kriegsgewinnler'? Hat ihm gar nicht gefallen!"

Über Engels freundliches Gesicht zieht ein kleiner Schatten. Fein säuberlich kratzt er die letzten Soßenkartoffelreste von seinem Teller. Nach einer langen Weile, der Teller ist jetzt spiegelblank, murmelt er dann reichlich undeutlich: „Ach ... das ... fragen Sie ihn doch am besten selbst!"

Während Benedict sich an Geldumtauschern und Hütchenspielern vorbeidrückt, die runde Weltzeituhr passiert und sich kaum der angebotenen Reklame-Zigarettenpackungen erwehren kann, ist er in Gedanken bei dem Fuchs-Dossier, das er an seinem Schreibtisch in der MUK doch noch überflogen hat. Viel war es nicht, und das Wenige auch noch voller Rätsel. Also, Fuchs war nicht der richtige Name des Toten, aber wie er wirklich heißt, geht aus den drei Seiten auch nicht hervor. Auch nicht, woher diese Information stammte. Von „Quellen" war da die Rede gewesen. Was für „Quellen"? Und der abschließende Hinweis auf Dienststellen mit den Kürzeln HVA und HA II? Schon eine merkwürdige Angelegenheit. Nichts ist so, wie er es erwartet hatte. Und dann diese gleichlautenden Antworten der beiden so unterschiedlichen VP-Kriminalisten. „Das fragen Sie ihn doch besser selbst!"

Im Kaufhaus Centrum sieht das Warenangebot dünn aus. Die Leute schieben sich an den fast leeren Regalen und Theken vorbei und sind aggressiv. „Ham wa jerne“, murmelt eine Ost-Berlinerin im Vorbeigehen „aus’m Westen und uns noch die Sachen wegkoofen!“ Benedict fühlt sich angegriffen und verzichtet darauf, den vorletzten Becher Joghurt aus der Kühltruhe zu nehmen.

Wieder im Freien kauft er gegen DM eine Dose löslichen Kaffees von einem der fliegenden Händler. Als er dann an der Ecke Karl-Liebknecht-Straße auf einen Schallplattenladen stößt, kommt ihm spontan eine Idee, und er betritt das ziemlich leer aussehende Geschäft.

„Ich hätte da mal eine Frage“, wendet er sich unschlüssig an eine gelangweilte Verkäuferin, „haben Sie zufälligerweise eine Platte von Dean Sanger?“

„Dean Sanger?“ sieht ihn die Blonde an, als käme er von einem anderen Stern. „Der ist doch schon lange … na, ich seh doch mal nach!“

Während sie hinten mit einer anderen Verkäuferin rumtuschelt, kommt sich Benedict schon ein bißchen komisch vor. Blöde Idee von ihm. Was will er bloß damit?

„Nein. Ham wa nich’ im Laden. Aba wenn Se woll’n, vielleicht auf Lager?“

„Nein, nein. Machen Sie keine Umstände. Danke sehr!“

Als er glücklich wieder draußen ist, mischt er sich unter die dem Bahnhof Alexanderplatz zustrebende Menge. Vorsichtig wendet er den Kopf in alle Richtungen, stellt aber nichts Besonderes fest.

Das Gefühl ist ihm nicht unbekannt. Bei seinen früheren „Grenzübertritten“ hatte er es immer gehabt. Sicher nicht unbegründet, damals. Aber daß es seit gestern abend wieder da ist, macht ihn doch unsicher. Es konnte doch gar nichts sein. Aber sein Instinkt hatte ihn nie im Stich gelassen.

Es scheint, als zöge das gewaltige Sicherheitskarree zwischen Normannenstraße und Frankfurter Allee die schwülen Gewitterwolken magisch an. Obwohl Benedict vorsorglich auf das Jackett verzichtet hat, gerät er auf dem Weg zur Zentral-Kartei ins Schwitzen. Hoffentlich gibt es da drinnen wenigstens so was wie 'ne Klimaanlage.

„Sie müssen versuchen, uns zu verstehen. Da ist schon soviel falschgelaufen!" bedrängt ihn die Kurzhaarige, die ihn bei der Anmeldung in Empfang genommen hatte.

Benedict wischt sich den Schweiß aus seinem übermüdeten Gesicht. Schürzt mürrisch die Lippen. Erst hatten sie ihn bis heute vormittag warten lassen und dann noch den Meißner mit der kurzen Bemerkung „die Genehmigung gilt nur für den Herrn Benedict" ganz einfach nach Hause geschickt. Ohne seinen unwirschen Kompagnon kommt er sich ganz schön auf verlorenem Posten vor.

„Fotokopien dürfen Sie keine machen! Sie können sich natürlich alles rausschreiben, was Sie für Ihre Ermittlungen brauchen. Verstehen Sie uns nicht falsch, aber Ihre Aufzeichnungen müssen wir uns natürlich durchsehen, wenn Sie das Gebäude wieder verlassen."

„Natürlich!" antwortet der Mann aus Düsseldorf ironisch, aber darauf geht sie nicht ein.

„Ach ja", die Frau vom Bürgerkomitee zeigt auf ein Gebäude zur Linken. „Da, im Haus 22, können Sie in der Mittagspause was essen. War früher die Stabskantine. Ich werde Bescheid geben."

Als sie dann vor dem fensterlosen Flachbau stehen, nimmt sie ihn nochmal kurz zur Seite. „Sie werden da nicht alleine vor sich hin arbeiten können, das ist Ihnen ja wohl klar. Ein Beauftragter des Bürgerkomitees wird Sie … unterstützen und … wir sind eben bei der Arbeit in der Kartei noch auf die Hilfe von ehemaligen Mitgliedern des MfS angewiesen, und auch die Leute vom Staatsarchiv sind alles … ehemalige Genossen. Die kennen sich damit eben aus. Also nehmen Sie das nicht als besonderes Mißtrauen Ihnen gegenüber!“

Als Hauptkommissar Vitus H. Benedict das von außen so profan wirkende Allerheiligste des MfS am späten Nachmittag verläßt, haben sich die meisten seiner ahnungsvollen Befürchtungen nicht bestätigt.

Es muß in der Zwischenzeit geregnet haben. Der große Innenhof ist von spiegelnden Pfützen übersät. Die wirkungsvolle Klimaanlage im Inneren des Informationsdepots hat ihn die draußen herrschende Schwüle fast völlig vergessen lassen. Jetzt mußte er nur noch eine Telefonverbindung nach Düsseldorf auftreiben.

„Wenn du ganz sichergehen willst, daß niemand mithört, mußt du zu uns nach drüben fahren. Sonst kannst du über unser mobiles Funknetz im Auto gehen“, steht ihm LKA-Beyer im VP-Präsidium dann hilfreich zur Seite. „Also, hier im Präsidium müßtest du über die Vermittlung gehen, und das würde ich dir nicht raten!“

Ganser ist natürlich nicht mehr im Dienst, aber er hat ja dessen Privatnummer in Mettmann, und da erreicht er ihn dann auch.

„Na, wie is es?“ fragt der neugierig zurück. „Kommst du mit den roten Socken da klar?“

„Wie man's nimmt. Mit denen habe ich die geringsten Probleme. Da gibt's andere Sachen, die mir mehr Kopfschmerzen machen. Ganz andere!“

Ganser ist heute offensichtlich an Deutungsversuchen von Chef-Rätseln nicht besonders interessiert. „Was tut sich in Sachen Fuchs?"

„Es gibt gar keinen Fuchs."

„Häää?"

„Es gibt keinen Fuchs!!!"

„Versteh, ich nicht ..."

„Kannst du auch nicht. Bin hier in so 'ne Art Spionagefilm reingeraten. À la John le Carré! Joachim Fuchs aus der Bergstraße 19 in Ost-Berlin ist eine Legende ..."

„Eine was?"

„Eine Legende, Fiktion, Tarnname! In Wirklichkeit heißt der Mann Günther Raschke, geboren am 10.8.1948 in Pasewalk, hauptamtlicher Mitarbeiter des MfS, letzter Dienstgrad Hauptmann in der HA XX, der Hauptverwaltung zur Bekämpfung politischer Untergrund-Tätigkeiten!"

„... ..."

„Bist du noch da?"

„Jaaa ..."

„Und außerdem war der Herr Hauptmann auch noch ein OibE!"

„Ach ja?" klingt es ziemlich verständnislos aus dem Hörer.

„Ein Offizier im besonderen Einsatz! Ist schon mit der ersten Ungarn-Welle als Flüchtling Joachim Fuchs zu uns eingeschleust worden. Ich kann dir sogar seine Versicherungsnummer und das Datum seines Eintritts in die Partei sagen!"

„Und das ist sicher?"

„Tss, Gernot, was ist hier schon sicher! Ihr habt einen toten MfS-Mann in Düsseldorf liegen, soviel ist mal Fakt!"

Die frühmorgendliche Dienstbesprechung beim K-Leiter erspart er sich am darauffolgenden Donnerstag, spricht aber anschließend in der MUK mit Meißner über das weitere Vorgehen.

„Nachdem wir jetzt die wahre Identität des Toten kennen, kann ich mir durchaus vorstellen, daß die Motive für dessen Ermordung möglicherweise mit seiner Tätigkeit beim MfS in Verbindung stehen?“

„Sind Sie da so sicher?“ Meißners Gesicht steckt voller Zweifel.

„Es ist eine Hypothese. Aber sie klingt plausibel.“

„Nein. Das meine ich nicht ... Kollege. Können Sie so sicher sein, daß es sich bei dem Namen Günther Raschke um die wirkliche Identität handelt? Die Firma hatte da so einige Möglichkeiten ...“

Verunsichert runzelt Benedict die Stirn.

„Na ja. Also an irgend was muß ich mich ja erst mal halten. Und im Moment habe ich da nur diese Akten ...“

„... bei denen es sich auch um gefälschte Spuren handeln könnte. Sie müssen nicht alles glauben, nur weil es darüber Akten gibt!“

„Sie meinen ...?“

„Ich meine gar nichts, gebe nur zu bedenken!“

„Damit komme ich aber nicht weiter. Mein Vorstellungsvermögen geht nicht soweit, und deshalb muß ich mich an die aktenmäßigen Darstellungen halten. Also werde ich ab heute versuchen, aus den Vorgängen, mit denen der Raschke zu tun hatte, Personenhinweise zu filtern. Es ist doch möglich, daß der Mann von irgend jemandem, dem er im Verlauf seiner MfS-Tätigkeit geschadet hat, auf dem Schiff in Düsseldorf erkannt und dann von dem Opfer aus Rache getötet wurde, oder?“

„Na, viel Spaß. Werden Sie wahrscheinlich einiges zu tun bekommen. Sind die Leute da drinnen denn wenigstens ... kooperativ?“

„Doch, doch ... geht jetzt alles seinen Gang!“

Meißner zeigt, für Benedict völlig überraschend, ein freundliches Lächeln. „Haben Sie da nicht ein kleines Wort vergessen?“

Und da muß auch der Hauptkommissar aus dem Rheinland grinsen.

Engel, der auf den alten Rang Oberleutnant so unangemessenen Wert legt, scheint ihm diese Fröhlichkeit zu mißgönnen, denn die Informationen, die er anschließend für Benedict hat, findet der gar nicht mehr lustig. Eine als RAF-Terroristin weltweit gesuchte Frau hatte jahrelang mit einer MfS-Legende versehen, völlig unbehelligt in Ost-Berlin gelebt und war gestern hier von der Ost-Kripo verhaftet worden.

„Tscha, wenn wir können, wie wir wollen!“ Der Oberleutnant scheint das für einen Erfolg zu halten.

„Ihr wollt aber ziemlich spät!“ gibt ihm Benedict bissig zur Antwort.

Die nachfolgende Schweigsamkeit durchbricht Engel dann doch wieder gewohnt freundlich: „Haben Sie Lust, heute abend mit ins Kino zu kommen? ’ne echte DDR-Premiere. ‚Karla‘ von Ulrich Plenzdorf. Ist bei uns nie in die Kinos gekommen, na wie wär’s?“

„Nein. Nein, wirklich nicht.“

Benedict steht heute wirklich nicht der Sinn nach DEFA-Filmen. Er hat abends schon etwas vor.

4

„Ach ..., du ...“

In ihrer Stimme liegt die Enttäuschung verpaßter Gelegenheiten. Verbitterung hat sich in senkrechten Falten an den Mundwinkeln eingegraben. Keine verschmitzten Sprenkel mehr in den grauen Augen über der schabernackigen Stupsnase, die er mal so geliebt hatte.

„Komm ruhig rein“, weht ihm ihre Stimme nach einer Weile kühl entgegen, „du müßtest dich ja an sich noch auskennen.“

Es hat sich fast nichts geändert. Alles ist noch beinahe wie damals. Sogar seine Geschenke, die Uhr, der japanische Fernseher und all der westliche Schnickschnack, den sie so liebte, alles noch am selben Platz.

Sie brüht den Kaffee, und er sitzt im gleichen Sessel, von dem aus man auf den Hinterhof sehen kann, auf dem die blechernen Deckel der Aschentonnen klappern. Von der Veteranenstraße tönt das Quietschen der Straßenbahn herüber.

Verlegen pustet er den Kaffeegrund auf die andere Seite der Tasse. Noch immer kocht sie ohne Filter. Und natürlich darf die *Cabinet* nicht fehlen. Was hatte ihn ihre Zigarettenqualmerei zuletzt genervt.

„Wir haben uns schon gefragt, wann du mal hier auftauchst.“

„Ja.“

„Anette geht es gut. Ich meine, falls dich das interessiert.“

Nein, ihr Ton ist nicht eigentlich bösartig. Eher von einer tiefen Gleichgültigkeit. Einer Leere, die von verletzten Empfindungen kommt. Aber Benedict, der ungemütlich auf der Sesselkante umherrutscht, weigert sich innerlich, dafür die alleinige Verantwortung zu akzeptieren.

„Was macht sie?“

„Sie arbeitet bei der Zeitung. Hat sich gerade in einen verheirateten Mann verliebt … du hast sie damals sehr enttäuscht.“

Das sitzt. Anette hatte in ihm, sie war so um die sieben rum, eine Art Vaterersatz gesehen. Und er hatte leichtfertigerweise diese Rolle angenommen. Der Onkel Strahlemann mit den Glitzerpaketen aus dem Westen. Ihm wird heiß vor Scham. Aber hatte sie ihre Tochter jetzt nicht nur vorgeschoben? Es steht doch in Wirklichkeit an jeder Wand dieses Zimmers geschrieben: Du, Vitus H. Benedict, hast mich enttäuscht, unsere Liebe! Ja, wie angenehm war ihm damals diese Grenze doch gewesen, hatte sie doch als willfährige Entschuldigung für den plötzlichen Abbruch der Kontakte herhalten können. Der einfache Ausstieg aus einer Emotion, die er selber provoziert hatte. Und heute ... was hatte er eigentlich von Annkatrin hören wollen? Was wollte er in dieser Wohnung am heruntergekommenen Prenzlauer Berg, wo der bröckelnde Putz zu viele unbequeme Erinnerungen freilegte?

„Warum bist du also gekommen?"

„Ne, Molle und 'n Klaren!"

Der ersten Lage läßt er sofort eine weitere folgen, als er eine Stunde später das unangenehme Zusammentreffen in der Eckkneipe hinunterspült. Er schüttelt sich. Und das liegt nicht an der Qualität der Getränke.

„Nochmal dasselbe!"

Während der Wirt gleichmütig ein neues Bier zapft, sieht er sich in dem fast leeren Schankraum um. Hinten am Ecktisch mit dem Union-Wimpel sitzen fünf junge Leute und diskutieren heftig über irgendwelche Fußballspieler. Dann ist da nur noch dieser Mann mit dem strähnigen Blondhaar, der den Kopf auf die verschränkten Arme gelegt hat und wirres Zeug in sich hineinbrabbelt. Wahrscheinlich haben die Leute hier zur Zeit auch anderes im Sinn als Kneipenbesuche. Die meisten suchen nach möglichst günstigen Wegen, um ihr erspartes Ost-Geld zu retten. Die Stadt schüttelt sich ja geradezu im Fieber einander widersprechender Gerüchte über Umtauschquoten und Geldmengen.

„Mit mir nich' mehr! Ich weiß Bescheid, war lange genug in Bautzen!“ brüllt der Mann mit dem dunkelblonden Haargewirr plötzlich laut heraus. Die Fußballjungs kichern und tippen sich an die Stirn.

„Müssen Se nüscht druff jeben“, sagt der Wirt und stellt Benedict sein frisches Bier hin. „Dem ham 'se die Birne weich jekloppt, aba sonst is' er nich' jefährlich.“

Nein. Natürlich hätte er nicht zu ihr gehen müssen. Die Chance, daß sie sich zufälligerweise in dieser Stadt begegnet wären, ist eins zu mehreren Millionen. Was hatte er also von Annkatrin gewollt? Absolution? Für einen kleinen Verrat? Sie war seine erste Liebe gewesen. Als sie dem damals Dreizehnjährigen auf dem abendlichen Nachhauseweg halb scherzhaft angeboten hatte, von nun an seine Freundin zu sein, da hatte er die Worte der jungen Frau anscheinend etwas zu ernst genommen. Daß die über Zwanzigjährige sich dann noch bei ihm unterhakte, machte ihn einerseits verlegen, löste aber andererseits ein bis dahin unbekanntes Gefühl sinnlicher Lust aus.

In ihm mochte auch das Bild aufgetaucht sein, wie sie im vergangenen Sommer nackt mit seiner Mutter zusammen auf einer Decke im Garten gelegen hatte. Weiße Brüste und blondes Kraushaar. Ziel aller Sehnsucht. Er war auf den Dachboden geflüchtet. Erst zum Abendessen war er wieder zum Vorschein gekommen, aber mit seiner naiven Unbefangenheit ihr gegenüber war es von diesem Moment an für immer vorbei.

„Diese Verbrecherbande, rote! Aba nich' mit mir!

Alle nach Bautzen, aufhängen an den nächsten Mast!“

Auch nachdem er im Westen gelandet war, hatte sie weiter seine Sinne gefangengehalten. Jahre später besuchte er sie an der Ostsee, kurz bevor er zum Bund mußte. Leichte, schwärmerische Sommertage waren das gewesen. Sie hatten am Bodden gelegen, da, wo der Meerwind leicht durchs Schilf strich und den Geruch von Tang mit sich brachte. Sie hatte geschlafen oder wenigstens so getan, und er konnte sich nicht sattsehen an diesem Gesicht mit den kleinen Sommersprossen. Und sie hatte sich plötzlich an ihn geschmiegt und seine unbeholfenen Liebkosungen kundig gelenkt. Dann war es nicht der Geruch von Tang gewesen.

Zurück im Westen schrieb er ihr – da war er schon bei der Bundeswehr – lange Liebesbriefe. Unter Deckadresse, denn Kontakte in den Osten waren Militärangehörigen nicht gestattet. Es war für ihn unfaßbar, daß diese Frau sich in ihn verliebt haben sollte, aber ihre innigen Antworten sagten nichts anderes. Kurz bevor er zum Offizierslehrgang sollte, hielt er es nicht mehr aus, und er flog zu ihr nach Berlin. PanAm-Clipper. Hannover-Tempelhof. Dann Bahnhof Friedrichstraße. Er wurde festgenommen und in den labyrinthischen Katakomben darunter von einem MfS-Offizier immer wieder befragt. Was genau, da ist Benedicts Erinnerung eigenartig verschwommen. Nur, daß er pinkeln mußte, das weiß er noch. Dieser wahnsinnige Druck. Als käme es ihm gleich aus den Ohren raus. Und dann dieser Vopo mit der Kalaschnikow. Oder war es ein Grenzer? Benedict stand am Becken, und sein Bauch schien fast zu platzen. In seinem Rücken der dumpfe Druck einer Gewehrmündung. Kalter Schweiß auf der Stirn. „Naaa?“ hatte der Uniformierte mit gespielter

Teilnahme gefragt und den Druck der stählernen Mündung verstärkt, „geht's nicht?" Dem ach so verständnisvollen MfS-Major hatte er dann schließlich sowohl seine Zugehörigkeit zur Bundeswehr als auch seine Liebe zu Annkatrin verraten. Wegen einer überfüllten „Sextaner-Blase".

„Alle aufhängen, jawoll. Nich' mit mir!"

Sie hatten ihn gehenlassen. Sogar die Geschenke und die versteckte Konterbande, *Spiegel* und *Stern* durfte er mitnehmen. „Wenn Sie mal länger zu Besuch bleiben wollen, brauchen Sie sich nur an mich zu wenden", hatte der MfS-Mann am Ende noch gesagt. Sie gaben ihm sogar eine Übernacht-Genehmigung. Als er am nächsten Tag zu seiner Bundeswehr-Einheit zurückkam, wurde er gleich vom Militärischen Abwehrdienst in Empfang genommen. Aus dem Offizierslehrgang wurde natürlich nichts mehr. Hatte von Glück sagen können, daß sie ihm in den monatelangen Vernehmungen nichts nachweisen konnten.

„Schweine. Alles Schweine! Aber mit mir nicht, ich bin in Bautzen gewesen!"

Der HiWi vom Bürgerkomitee mustert ihn am Freitagmorgen mitleidsvoll. „Au, au, au! War wohl 'ne längere Sitzung gestern?"

Benedict hat sich eingerichtet. Spart sich die Teilnahme an der morgendlichen Dienstbesprechung beim K-Leiter und den ihm fremden Leuten der MUK. Nimmt seit heute auch den direkten Weg mit der S-Bahn. Über Bahnhof Lichtenberg. Er kommt auch mit den Leuten in der Zentral-Kartei ganz gut zurecht. Die Frau vom Staatsarchiv trägt alle Akten, die sie ihm auf den Tisch legt, fein säuberlich in eine Liste, und der ehemalige Mitarbeiter des MfS antwortet ihm bereitwillig, wenn er Sachen in den operativen Vorgängen nicht versteht. Der Mann von der „Bürgerwehr" wacht zwar immer noch mit Argusaugen über das Geschehen, aber seit er wohl den Eindruck hat, daß Benedict sich strikt an die getroffenen Abmachungen hält, konzentriert er sich hauptsächlich auf die Tätigkeit der beiden anderen.

Benedict versucht sich jedes Kommentars zu dem ihm vorgelegten Akten zu enthalten, wenn er sich auch manchmal auf die Lippen beißen muß. Mit derartigem hatte er in seinem bisherigen Dienstalltag noch nie zu tun. Geheimdienste kennt auch er nur aus Filmen oder Romanen, und zu den westdeutschen Diensten ähnlicher Strickmuster hat er keinen Kontakt. Seine anfängliche Empörung, manchesmal vermischt mit heftiger Belustigung über die bürokratisch formulierte Detailfreude in den von MfS-Raschke verfaßten Berichten, ist mittlerweile einer gleichmütigen Arbeitsroutine gewichen. Hatte er zu Beginn seiner Tätigkeit noch mit Interesse die Inhalte und Ziele der operativen Vorgänge des Hauptmanns verfolgt, so notiert er jetzt nur noch die Namen der jeweils observierten Personen, um sie nach Dienstschluß an Ganser durchzugeben. Er ist nicht hier, um moralische Bewertungen abzugeben – er hat einen Fall zu klären. Manchmal, wenn er über die haarsträubende Rechtschreibung des Hauptmanns allzu laut lacht, treffen ihn empörte Blicke. Seine Vorstellung, das umfangreiche Material dadurch zu reduzieren, daß er nur die Namen rechtskräftig verurteilter Opfer in seine Liste aufnehmen wollte, hatte sich leider als undurchführbar erwiesen. Eine interne Namensabgleichung mit den entsprechenden Akten der DDR-Staatsanwaltschaft ist nicht möglich; diese Unterlagen befinden sich an anderen Orten. So wird die Liste der Namen, die Benedict auf seinem Block notieren muß, länger und länger. Da wird bei den Düsseldorfer Kollegen aber Freude aufkommen!

„Kommst du übers Wochenende nach Düsseldorf?" fragt Ganser, nachdem er den letzten Namen von Benedicts Liste notiert hat.

„Nein, ich werde mich hier mal ein bißchen umsehen. Ist ja hochinteressant jetzt!"

Natürlich hat der Hauptkommissar erwogen, das Wochenende zu einer kurzen Heimfahrt zu nutzen. Die Aussicht auf ein „Marzahn-Weekend" ist nicht besonders verlockend, aber angesichts der chaotischen Verkehrsverhältnisse auf der Transitautobahn Richtung Westen hat er den Gedanken an sein eigenes Bett doch schließlich verworfen.

„Na dann, viel Spaß in Sibirien!" verabschiedet sich Ganser gewohnt locker und läßt Benedict mit sich und einem leeren Wochenende allein.

Sicherlich ist die Idee schon seit einiger Zeit da, aber am Samstagmorgen setzt er sie kurzentschlossen in die Tat um. Die Strecke kennt er schließlich. Auch wenn das damals immer eine Tagesreise war, aber heute ... die vergleichbare Tour zwischen Düsseldorf und Frankfurt machte er schließlich in anderthalb Stunden.

Dann dauert es doch länger, bis er den Friedhof an der Wolgaster Straße erreicht. Erst ist er falsch in Richtung Potsdam gefahren, und als er gegen Mittag auf die F 96 bei Oranienburg kam, war die Transitstrecke Richtung Ostsee dermaßen verstopft, daß er für die restlichen 170 Kilometer doch noch fast drei Stunden brauchte. Auch in der Stadt selbst hat er Probleme, sich zurechtzufinden. Kaum, daß er sie wiedererkennt. Unzählige Plattenbauten für die

Angestellten des nahegelegenen Kernkraftwerkes haben die einst so beschauliche Universitäts- und Hansestadt bis zur Unkenntlichkeit aufgebläht. Auch seine alte Schule, an der er mit unangenehmen Erinnerungen schnell vorbeifährt, scheint eine andere Nutzung gefunden zu haben, und der Platz der Einheit ist zu einem großen Verkehrsknotenpunkt umgebaut worden, daß er fast die richtige Abfahrt verpaßt hätte.

Obwohl es mittlerweile über dreißig Jahre zurückliegt, findet er instinktiv den Weg zur Grabstelle, glaubt es wenigstens, denn als er dort anlangt, steht ein völlig anderer Name auf dem Grabstein. Er irrt noch eine Weile zwischen den umliegenden Grabreihen herum, aber vergebens. Sollte er sich so geirrt haben?

Schließlich beendet er die erfolglose Suche und wendet sich an die Friedhofsverwaltung, die in einer kleinen Baracke im Schatten der Friedhofsmauer untergebracht ist.

Die alte Frau blättert ratlos in alten Folianten, die sie aus einem wackligen Aktenschrank gekramt hat.

„Wann, sagen Sie, ist Ihre Mutter verstorben?“

„1958. Im November.“

Natürlich war das damals ein nebliger Novembertag gewesen. Und hier im Norden waren es immer besonders neblige Nebeltage. Klammnaß war die Kälte durch den dünnen Stoff seines ersten Anzugs gekrochen. Das Betriebs-Schalmeien-Orchester hatte „Unsterbliche Opfer“ gespielt und jemand von der SED-Kreisleitung eine Rede gehalten. Immerhin war sie ja eine aktive Genossin gewesen.

„Ja, also das Grab ist vor zwei Jahren ... eingeebnet worden. Die Zeit war ja abgelaufen ... und da sich sonst niemand um das Grab gekümmert hat ...“

Benedict findet nicht, daß sie überhaupt eine

Rechtfertigung nötig hat. Er hätte sich früher kümmern können.

Anschließend fährt er dann doch noch raus an den Bodden. Die kleine, hölzerne Zugbrücke erscheint ihm zu schwach für den schweren Wagen, so geht er zu Fuß über den Fluß. Fast sieht alles noch aus wie damals, als ein Privatzimmer in einem der kleinen Fischerkaten genauso zur „Bückware" zählte wie manche Bücher oder eben ... Bananen. Teure Alternative zu den FDGB-Heimen in Oberwiesenthal oder Heringsdorf. Warme Windstille liegt über dem Hafen. Vor dem Restaurant am Fuß des Leuchtturms haben neue Pächter große Sonnenschirme mit Werbeaufdrucken aufgestellt. Überall in der DDR verschandeln diese Dinger jetzt die Landschaft. Man hätte den Leutchen hier vielleicht besser sagen sollen, daß der westliche Kapitalismus seine Feldzüge weniger mit NIKE-Raketen, als mit Feldbatterien von Werbeschirmen plant. Auch ein Wagen mit Pommes und Bratwurst hat sich schon eingefunden. Benedict bestellt sich eine Portion Pommes mit Ketchup, aber den „gibt's bei uns erst nach der Währungsunion!" Nein, der Zauber vergangener Tage ist unwiderruflich verloren. Er hätte nicht hierherfahren dürfen.

„Schönes Wochenende gehabt? Sehen ja aus, als wären Sie an der See gewesen!"

Benedict runzelt verblüfft die Stirn, geht dann aber doch nicht weiter auf Engels' Bemerkung ein. Auf seinem Schreibtisch liegt das Neue Deutschland von heute.

„Nu, ham wir die Jugos richtig abgezogen, oder?"

Er hatte den Wagen ja sowieso wieder ins Präsidium bringen müssen, und da wollte er sich anstandshalber auch mal wieder beim MUK-Leiter sehen lassen. Natürlich hat sich auch Benedict die Life-Übertragung von der Fußball-WM in Italien angeschaut. Was sonst hatte er an diesem Sonntagabend in Ost-Berlin „Jottwedeh“ auch machen sollen? Zusammen mit dem Leiter der Einrichtung hatte er im fast leeren Fernsehraum gesessen. Dennoch ist er ein bißchen erstaunt über den Oberleutnant Engel, dem an diesem Montagmorgen das „wir“ so leicht über die Lippen zu gehen scheint. Noch mehr verwundert ihn aber, daß bis auf Meißner und Engel niemand von der zwölfköpfigen MUK-Besatzung anwesend zu sein scheint.

„Machen hier alle blau heute?“

„Ach was. Vor der Wende hat nur ‚Freitag ab eins jeder seins‘ gemacht, aber heutzutage macht doch jeder, was er will. Sind wahrscheinlich zur Bank, sich Umstellungsquittungen besorgen. Haben wohl Angst, daß sie sonst ihre D-Mark nicht bekommen!“

Engel, soviel ist mal sicher, scheint diese Angst nicht zu haben. Auch sonst ist ziemlich viel los, und das ND kann endlich aus dem vollen schöpfen: *DDR-Premier zu Premiere in den USA, Westmächte hoben Vorbehalte gegen volles Stimmrecht der West-Berliner Abgeordneten im Bundestag auf, VP soll mehr Vollmachten als BRD-Polizei erhalten. Bis zu 1,5 Millionen Arbeitslose erwartet,* und dazu gleich passend *Direktoren von 38 Arbeitsämtern berufen!*

„Soll ich Sie hinfahren? Hier ist ja nicht viel los. Sie sehen ja selbst!“

Dankbar nimmt Benedict das Angebot des MUK-Leiters an.

„Suchen Sie was?“ kommentiert der wenig später Benedicts wiederholte Blicke in den Rückspiegel, aber als dieser darauf nicht reagiert, wechselt er gleich das Thema. „Und ..., geht's voran?"

Benedict spürt erstaunt so etwas wie echtes Interesse hinter Meißners Frage.

„Mühsam nährt sich das Eichhörnchen!"

„Tut mir schon leid, daß ich Ihnen so wenig bei der Sache helfen kann. Aber Sie haben ja selber gemerkt, wie das da läuft ..."

„Kein Problem. Komme schon zurecht. Trotzdem ..."

Meißner muß den Wagen vor einer mit Blaulicht eskortierten LKW-Kolonne an den Straßenrand lenken. Als die gewaltigen MAN-Laster mit den bewaffneten Begleitmannschaften an dem Wartburg vorbeidonnern, pfeift der Ost-Kommissar durch die Zähne. „Jetzt wird's langsam ernst, euer Geld rollt an." Dann fahren sie weiter, und Benedict versucht, den Faden wieder aufzunehmen. „Habe früher immer gedacht, daß Sie guten Kontakt zu denen hatten?"

„Zu denen?"

„Na, von der Sicherheit!"

Die eben noch entspannte Atmosphäre lädt sich augenblicklich auf.

„Wir sind bei der K!" kommt Meißners Antwort steif herüber, und der Rest der Fahrt verläuft dann in dumpfer Einsilbigkeit.

Vor der Anmeldung in der Ruschestraße, Benedict will gerade aus dem Wartburg aussteigen, bricht der MUK-Leiter dann doch noch sein Schweigen. „Kleiner Tip noch: achten Sie in den Vorgängen auf die jeweiligen Dienstgradbezeichnungen. Was von uns kommt, ist in der Regel ... also meistens ... korrekt. Alles, was von denen unterzeichnet ist, da sollten Sie die Möglichkeit nicht ausschließen ... also, könnte getürkt sein!"

„Und woran soll ich das erkennen?“ fragt Benedict verblüfft.

„Unsere Berichte haben hinter dem Dienstgrad immer den Zusatz ‚K‘. Also Hauptmann der K zum Beispiel. Berichte von denen sind immer nur mit dem jeweiligen Dienstgrad, ohne Zusatz, gezeichnet. Achten Sie mal darauf!“

Aber erstmal hat Benedict keine Möglichkeit, sein neues Wissen einzusetzen, offensichtlich ist der Materialfluß ins Stocken geraten.

„Was ist los?“ wundert sich der Düsseldorfer, als er seinen Arbeitstisch in der Zentral-Kartei leer vorfindet. Der Aufpasser vom Bürgerkomitee zuckt maulfaul mit den Achseln, aber der so hilfreiche Experte von der „Nachfolgeorganisation“ klärt ihn wenig später bereitwillig auf.

„Es gibt eine Vorgangslücke, die wir gerade versuchen aufzuklären. Der letzte Bericht von Hauptmann Raschke, den Sie am Freitag hatten, trug das Datum 2.12.1975, aber die nächsten Tätigkeitsnachweise datieren dann erst wieder 4.1.1979! Da gibt es also einen Zeitraum von drei Jahren, in denen er wohl nicht für die Hauptabteilung XX tätig war.“

„Und was kann das heißen?“

„Da er ja 79 wieder auf Posten war, vielleicht ein längerer Schulungsaufenthalt bei den Freunden oder ein Auslandseinsatz, oder er wurde in einer anderen Hauptabteilung eingesetzt, kam auch vor.“

„Wie lange werden Sie brauchen, das herauszufinden?“

„Nicht lange, ich hab schon Querverweise gefunden.“

Der Mann kennt sich wirklich in seinem Laden aus, denn es dauert keine Stunde bis die Staatsarchivarin ihm neue Vorgänge auf den Tisch legt. Vorgänge, die nicht mehr wie bisher oben links mit

„Hauptabteilung XX" gekennzeichnet sind, sondern jetzt das Signum „Hauptabteilung II/3" tragen.

„Was ist das für eine Abteilung?" fragt er nach.

„Die Hauptabteilung II ist … äh … war eine Unterabteilung der Hauptabteilung Aufklärung und beschäftigte sich mit Spionageabwehr, Überwachung ausländischer Missionen und Journalisten in der DDR", erklärt ihm der ehemalige MfS-Mann.

Hauptkommissar Benedict blättert nachdenklich in den neuen Vorgängen. Immerhin waren die Leute auf den Übersiedlerschiffen in Düsseldorf ja keine Ausländer, sondern waschechte DDR-Deutsche. Wie sollten ihm daher Vorgänge dieser Abteilung bei der Klärung des Sachverhalts weiterhelfen können? Gerade will er die Staatsarchivarin bitten, die Vorgänge dieser Abteilung zu überspringen, als sich sein ganzer Körper plötzlich anspannt und versteift. Der Vorgang datiert vom 20.4.1976, und es ist ein Name, der diese Reaktion hervorruft. Falsch, denn zuerst hatte er den Namen ganz einfach überlesen. Erst einige Zeilen später reagiert er. Merkwürdig genug, daß ihm der Name im ersten Moment nur irgendwie bekannt vorkommt und er tatsächlich nicht weiß, was er damit anfangen soll. Jedenfalls veranlaßt ihn dieser Name, das Blatt genauer in Augenschein zu nehmen. *Plan zur Durchführung einer Kontaktaufnahme*, steht da als Überschrift, und weiter: *Es soll kontaktiert werden* ..., und dann dieser Name. *Sanger, Dean, geb. am: 22. Sept. 1938 in Denver, USA-Bürger mit gültigem Heimatpaß, Beruf: Schauspieler, Sänger, Strafen: keine bekannt, Parteizugehörigkeit: ohne.*

Dieser halbdunkle Flur im Downtown Holiday Inn von Los Angeles ... die Erinnerung kehrt nun unaufhaltsam zurück. Dieses amerikanische Mädchen mit dem verzweifelten Unterton in der Stimme: „You must help me, Mr. Benedict!“ Um den angeblichen Mord an ihrem Vater hatte er sich kümmern sollen. „Mein Vater wurde ermordet von der Stasi. In einem See bei Ost-Berlin!“ hatte sie am Ende fast flehentlich gerufen. Und ihr Name war Ramona gewesen. Ramona Sanger.

Fast erschöpft lehnt sich der Düsseldorfer Polizist zurück und starrt auf die vor ihm liegenden Blätter. Das geht ihn doch immer noch nichts an. Oder? Dieser Sanger kann nichts mit dem Tod Raschkes in Düsseldorf zu tun haben. Warum also sollte er die Berichte über ihn lesen? Er hat sich um seinen Fall zu kümmern, nichts weiter. Warum aber hatte er in diesem Laden nach einer Platte von ihm gefragt, wenn ihn das doch alles nichts anging? Wie von unsichtbaren Kräften gelenkt, kehren seine Blicke immer wieder zu diesem *Plan zur Durchführung einer Kontaktaufnahme* zurück, und als er letzten Endes doch nachgibt und weiterliest, tut er dies mit der beunruhigenden Gewißheit, sich damit in große Schwierigkeiten zu bringen.

5

„Tut mir ja auch leid, Gernot, aber der Raschke, alias Fuchs, hat drei Jahre lang in einer anderen Abteilung gearbeitet. Da war er zwar nicht auf Deutsche angesetzt, aber ich muß die Akten aus dieser Zeit trotzdem durchackern. Man kann ja nie wissen ...“

„Und was schätzt du, wann kannst du uns wieder neue Namen liefern? Bis jetzt war nämlich Fehlanzeige!“ klingt Gansers Stimme verdrossen aus dem Hörer.

„Anfang nächster Woche, denke ich. Habt ihr denn sonst nichts zu tun bei euch?“

„Absolut tote Hose. Wir greifen uns schon Uralt-Fälle raus. Beschäftigungstherapie. Schließlich haben die Schulferien begonnen!"

Natürlich. Benedict weiß, daß um diese Jahreszeit auch bei der Düsseldorfer Kripo das Sommerloch greift. Glücklicherweise sind dann die meisten Kollegen sowieso in Urlaub. Aber Ganser ist nicht mehr verheiratet und muß mit den anderen ledigen Kollegen am Jürgensplatz schwitzend Däumchen drehen.

„Gibt's denn sonst was Neues?"

„Nö, daß deine Panther haushoch gewonnen haben, wirst du ja schon wissen. Motzkus hat alleine 24 Punkte gemacht. Nächstes Wochenende geht's wohl gegen die Red Barons in Köln. Ach ja, der Anatol hat seine Abschiedsvorstellung gegeben!"

„Der Puppenspieler?" – „Genau!"

Anatol Herzfeld war als Verkehrserziehungsbeamter jahrelang mit seiner Puppenbühne durch die Lande getingelt und zu einer regionalen Berühmtheit geworden. Bei der Polizeiführung war man überzeugt, daß seine Tätigkeit die Unfallrate von Kindern im Verkehr erheblich gesenkt hätte. Ende des Jahres würde er in den Ruhestand gehen.

„Wird doch 'n Posten frei. Willst du dich nicht bewerben?" – „Leck mich ...", reagiert Ganser sauer und legt den Hörer auf.

Lautlos kichert der Hauptkommissar in sich hinein. Er ist erleichtert, daß sein Kollege am westlichen Ende der Leitung nicht entschiedener nachgebohrt hatte. Immerhin hat sich Benedict in dieser Woche doch ziemlich weit vom „Pfad der Ermittlungstugend" entfernt. Für seinen Enthusiasmus, die Person eines gewissen Dean Sanger betreffend, hätte Kommissar Ganser in Düsseldorf sicher kein großes Verständnis gezeigt.

Dean Sanger.

In den vergangenen drei Tagen hatte Benedict die Berichte des ermordeten Hauptmanns bis Ende 1977 durchforstet. Fakt war ja wohl, daß Raschke auch an anderen Sachen gearbeitet hatte, und sicher wäre er schneller vorangekommen, wenn die Archivarin ihm nur die Sanger-Berichte rausgesucht hätte. Dann wäre allerdings unausweichlich die Frage des Warum gekommen, eine Frage, der er unbedingt ausweichen wollte. So sah er scheinbar sorgfältig alle Raschke-Berichte durch und wartete im Grunde genommen doch nur darauf, auf weitere Dossiers über Sanger zu stoßen.

Er glaubt, schon eine ganze Menge über diesen Mann aus Colorado zu wissen. Jedenfalls nach gegenwärtiger Aktenlage. Ein Wanderer zwischen den Welten mit DDR-Personalausweis und US-Reisepaß. Ein wichtiger Mann offenbar. Jedenfalls so wichtig, daß die Hauptabteilung II einen generalstabsmäßig ausgetüftelten Plan entwickelt hatte, um ihn für ihre Ziele einzuspannen. Der Vorschlag des Hauptmann Raschke zur Durchführung einer Kontaktaufnahme war dann im Juli 1977 von der HA II offiziell abgesegnet worden. *Ziel der Kontaktaufnahme: Persönliches Kennenlernen des Sanger, Prüfen der Bereitschaft, das MfS zu unterstützen, Haltung des S. zum MfS, Reaktion des S. auf das Kontaktgespräch, Einschätzung des S., ob er für eine inoffizielle Zusammenarbeit geeignet ist und Prüfung, inwieweit er über seine Verbindung zur Botschaft der USA in der DDR spricht.* Und kein anderer war mit der Umsetzung des Planes betraut worden als der in Düsseldorf unfreiwillig Dahingeschiedene selbst.

Die *Kontaktaufnahme mit dem US-Bürger Dean Sanger* hatte dann nach Raschkes Bericht am 17.8.1977 um 17.00 Uhr in Sangers Wohnung, *einem repräsentativen Haus, was sehr gut eingerichtet ist,* stattgefunden. Nach Hauptmann Raschkes schriftlicher Einschätzung war sie durchaus erfolgreich verlaufen, *denn Dean Sanger freute sich über das Erscheinen, da er uns in erster Linie als Kommunisten ansah, was er auch zum Ausdruck brachte. Er teilte im Gespräch gleich mit, daß er kurz vor unserem Erscheinen bei ihm einen Telefonanruf von der Botschaft der USA in der DDR bekam. Der Konsul teilte ihm mit, daß am 31.8.1977 eine Party ist und er Dean Sanger einladen möchte. Über dieses Telefonat waren wir schon vorab von der HA I, Abt. 26, in Kenntnis gesetzt worden. S. unterbreitete von selbst den Vorschlag, einen Treff zur Auswertung seiner Teilnahme an dieser Party am 1.9. durchzuführen. Er trat sehr konsequent in Erscheinung und ist auch bestrebt, das MfS zu unterstützen. Auch wenn er als Kommunist so konsequent in Erscheinung tritt, kann er bei entsprechender Instruktion doch gute Kontakte zur Botschaft der USA in der DDR pflegen. Dies muß durch das MfS gezielt gelenkt werden.*

Scheint Benedict ziemlich logisch, daß der DDR-Geheimdienst daran interessiert war, über die Person des Sanger mehr Informationen aus der US-Botschaft zu beziehen. Umgekehrt würden wahrscheinlich die MfS-Kollegen vom CIA das Gleiche mit Sanger probieren wollen, was ja auch dann aus Sangers Bericht am 1.9.1977, einen Tag nach dieser Party in der US-Botschaft, abzulesen war.

Dieser Bericht des Dean Sanger strotzte von Sätzen wie *Als ich mit meiner Frau Katarina die Wohnung des US-Konsuls betrat, ging ein Raunen durch die anwesenden Personen* oder *Die US-Diplomaten waren sehr gespannt und brachten ihre Bewunderung zum Ausdruck.* Wenigstens schien dieser Sanger nicht direkt an Minderwertigkeitskomplexen gelitten zu haben. Oder er war hier wirklich so eine große Nummer gewesen. Das MfS jedenfalls hielt ihn für interessant genug, ihm spezielle Telefonnummern zur Kontaktherstellung zu geben, und er durfte sich auch selber seinen Decknamen geben. *Er wählte den Namen Victor.*

Ziemlich bald nach diesem ersten Auftrag sollte das Ganze wohl ernstere Formen annehmen, und da trat der gute Raschke dann ins Fettnäpfchen. Allerdings trugen höhere Chargen die Verantwortung dafür. Bei dem als *Aussprache* titulierten Treffen mit Sanger am 28.10.1977 führte nämlich ein *Gen. OSL. Heckerodt* Regie, und das wäre fast ins Auge gegangen. Hintergrund dieses Treffs war ein geplanter Flug des Sanger nach Beirut, wo er mit der PLO-Spitze über ein von ihm geplantes Filmprojekt sprechen wollte. In diesem Gespräch forderte ihn Heckerodt ziemlich unverblümt zur Bespitzelung von Arafat auf, was Sanger wohl als ziemlich ehrenrührig empfand. Jedenfalls reagierte er ablehnend: *Was die PLO betrifft, so sagte er, daß er gern mit einem leitenden Genossen des MfS sprechen würde, damit er weiß, daß alles seine Richtigkeit hat. Er wollte gern mit Gen. Mischa Wolf sprechen.*

Dean Sanger, der „bigshot", wollte also nicht mehr mit den kleinen Fischen Geschäfte machen. Da mußten die Genossen von der HA II ganz schön geschwitzt haben. Jedenfalls gelang es ihnen, Sanger auf einen höheren Vorgesetzten zu vertrösten, und sie vereinbarten einen konspirativen Treff auf dem *Parkplatz Kino Kosmos* am 1. November. Benedict hat Glück, denn er bekommt die Ergebnisse dieses Treffs noch im Laufe des Mittwochs auf seinen Arbeitstisch in der Zentral-Kartei. Seine Befürchtungen, daß es bei einem längeren Gespräch auf einem herbstlich kalten Kino-Parkplatz zu gesundheitlichen Schäden der Beteiligten hätte kommen können, erwiesen sich als unbegründet: das Treffen fand dann doch *in einem konspirativen Objekt der HA II/3* statt, und der avisierte, höhere Vorgesetzte war der *Gen. Oberstltn. Fiedler*, der dem guten Dean Sanger auseinandersetzte, *daß das MfS ausschließlich zu dem Zweck Informationen benötigt, um Angriffe der imperialistischen Staaten und ihrer Geheimdienste gegen die DDR, die anderen sozialistischen Staaten und gegen die nationalen Befreiungsbewegungen zu erkennen und zu verhindern, und er dafür um seine Unterstützung gebeten wurde ... im Ergebnis der Diskussion erklärte er, daß seine Bedenken damit zerstreut sind und schlug selbst vor, ein weiteres Treffen konkret zu vereinbaren.*

Na bitte, hatten sie die Kuh doch vom Eis gekriegt. Jedenfalls für diesmal. So ganz einfach war das mit dem US-Boy aus Denver also doch nicht gewesen, und richtig schienen sie dem Frieden auch nicht zu trauen. Der vom Herrn Oberstleutnant Fiedler letztendlich abgezeichnete Gesprächsbericht macht auf Hauptkommissar Benedict einen eigenartigen Eindruck. *Das Gespräch verlief in einer sehr aufgeschlossenen herzlichen Atmosphäre. „Victor" äußerte in keiner Form Zweifel oder Bedenken gegenüber den Mitarbeitern des MfS, sondern hinterließ auf Grund seiner eigenen Initiative den Eindruck, daß er in dem beim letzten Gespräch abgesteckten Rahmen gewillt ist, das MfS zu unterstützen.* Benedict, gewarnt durch Meißners Worte von den möglicherweise „getürkten" Aktenvorgängen, klopft diese Sätze mißtrauisch immer wieder ab. Wie er es auch dreht, es klingt merkwürdig. Als hätte da jemand nachträglich Absicherungen vorgenommen. Absicherungen für Umstände, deren Eintreffen er befürchtete. Oder von deren Eintreffen er schon wußte.

Es nützt nichts. Er braucht einfach mehr Informationen über die Person dieses Sanger. Alles, was er bis jetzt weiß, hat er aus den Akten des MfS und dem beigefügten *Fragebogen zum Antrag auf ständigen Aufenthalt in der Deutschen Demokratischen Republik* vom 21. Juli 1973 erfahren. Und das ist dürftig genug.

Kurz vor seinem fünfunddreißigsten Geburtstag war der US-Bürger Dean Sanger, aus Rom kommend, in die DDR übergesiedelt, wo er eine Dolmetscherin geheiratet hatte, was Benedict als sehr praktisch empfand. Hatte dabei wohl auch das hilfreiche Wohlwollen des Ministeriums für Kultur genossen, daß seinen Antrag auf einen DDR-Personalausweis entschieden befürwortete. Warum die offiziellen Stellen der DDR so interessiert an dem Amerikaner waren, ist Benedict noch nicht klar. Auch nicht, wieso Dean Sanger zum Beispiel über Kontakte zur obersten Ebene der PLO verfügte, ja sogar Yasir Arafat persönlich zu kennen schien. Nein, es nützt nichts, er würde heute mal früher Schluß machen.

Der Weg zur U-Bahn ist schweißtreibend. Drückend liegt die feuchte Wärme über den Straßen der DDR-Hauptstadt.

Als der graue Wartburg der MUK neben ihm hält, ist er zuerst erleichtert, aber es ist nicht Meißner, sondern Oberleutnant Engel, der ihm die Wagentür aufhält.

„Nanu, haben Sie auf mich gewartet?“

„Nee, nee. Hatte zufällig hier in der Nähe zu tun. Kann ich Sie irgendwohin mitnehmen?“

„Ja, in die Beimler-Straße. Ist der Meißner da?“

„Hm. Wohl der einzige. Schätze, die meisten waren heute auch an der Ackerstraße!“

„Wieso? Was war da los?“

„Pressemäßiger Mauerabbau mit Freibier und allgemeiner Verbrüderung. War ganz lustig.“

Benedict ist sich nicht sicher, wie er Engels Äußerung einschätzen soll. Ist er nun dafür oder dagegen. Merkwürdiges Zusammentreffen. Wirklich nur zufällig? Oder hatte ihn der Meißner in die Normannenstraße geschickt?

„Sagen Sie mal, Herr Engel, haben Sie schon mal was von einem Dean Sanger gehört?“

Belustigt schlägt der Oberleutnant mit einer Hand auf das Lenkrad, so als hätte der Mann aus dem Westen einen besonders guten Witz gemacht. „Haben Sie schon mal was von Dean Sanger gehört!!! Dean Sanger! Verdienter Oktoberklub-Sänger des Volkes! Amerikanischer Friedensfreund und lieb Kind der sozialistischen Tattergreise. Mensch, Herr Benedict! Sie werden kaum eine FDJlerin von Aue bis Zinnowitz finden, die früher nich'n nasses Höschen bei seinem Anblick bekommen hat!“

„Früher?“

„Na ja, is' vorbei. Dean Sanger ist ja vor 'n paar Jahren gestorben. Wie kommen Sie denn gerade auf den?“

Benedict hat Glück. Sie haben die Einfahrt des VP-Präsidiums in der Beimler-Straße erreicht, und Engel ist anderweitig in Anspruch genommen. Mit einem „TONI 177, beende Funkbeziehung!“ meldet er sich bei der Zentrale zurück.

Hauptkommissar Meißner reißt erstaunt die Augen auf, als Benedict so unverhofft in der MUK auftaucht. Als Benedict ihm sagt, daß Engel ihn ganz zufällig an der Normannenstraße aufgegabelt hat, scheint er sich noch mehr zu wundern. Darüber wiederum ist Benedict erstaunt, da er aber im Moment ganz andere Dinge im Kopf hat, verfolgt er es nicht weiter.

„Können Sie mir nähere Auskünfte über einen gewissen Dean Sanger geben?“

Verblüfft starrt Meißner den Düsseldorfer an.

„Dean ... Sanger?“

„Ja. Diesen Amerikaner, der in die DDR eingeheiratet hat. Muß ’ne ziemliche Nummer bei euch gewesen sein!“

„Nu, der ist doch tot. Was woll’n Se denn mit dem auf einmal?“

Daß diese Frage kommen mußte, war Benedict klar. Die Antwort, die er sich schon zurechtgelegt hatte, kommt daher leichthin und mit einem belanglosen Unterton.

„Der Raschke-Fuchs war auf den angesetzt gewesen. Hat wahrscheinlich nichts mit seinem Tod zu tun, aber aus Gründen der Ermittlungsvollständigkeit ... können Sie mir dazu mehr sagen? Auch die Umstände von Dean Sangers Tod sollen ja ein bißchen zwielichtig gewesen sein. Der ist ja wohl ... angeblich ertrunken. In einem See, hier in der Nähe?“

„Dean Sanger ...“

Die Art, wie Meißner den Namen im Munde herumdreht, läßt Benedict aufmerksam zuhören. Engels merkwürdiger Ausbruch vorhin im Wagen hatte seine Sinne bereits geschärft, so daß ihm nun die feinen Nuancen in Meißners Antwort nicht entgehen. So spricht man keinesfalls den Namen eines bewunderten Freundes oder geachteten Künstlers aus. Eher schon den eines beneideten Rivalen und ... eine gewisse Vorsicht, ja blockierende Zurückhaltung notiert Benedict. War es falsch gewesen, sich an Meißner zu wenden?

„Bis Freitag!"
„Bis Freitag?"
„Ja. Bis dahin kann ich Ihnen vielleicht etwas besorgen. Über diesen … Sanger!"

Nein, „Victor" war keine leichte Nuß für die Leute vom MfS gewesen. Armer Hauptmann Raschke. Er hatte da mit Sanger einen kompletten Flop fabriziert. Langfristig schien ihm das aber nicht geschadet zu haben, denn er war ja später als OibE eingesetzt worden. Oder war das ein Abschiebeposten gewesen?

Desillusioniert hatten Raschkes Obere im März 1978 festgestellt: *Für eine inoffizielle Zusammenarbeit mit Sanger bestehen keine Möglichkeiten.* Im November des gleichen Jahres kam dann die kalte Dusche für die Leute von der Firma. Ein richtiger Hammer von ganz hoch oben, der in einem bürokratisch formulierten *Abschlußvermerk* seinen Niederschlag fand: *Durch die Leitung der HA II wurde bekannt, daß Sanger im ZK (Büro Honecker) Beschwerde führte, daß er aufgefordert wurde, gegen die PLO zu arbeiten, was nicht den Tatsachen entsprach. Gen. Generalmajor Kratsch, Leiter der HA II wies an, die Zusammenarbeit mit S. abzubrechen. Auch bei Anrufen des S. keine weiteren Treffs zu organisieren. Aus diesem Grunde wurde zu ihm befehlsgemäß der Kontakt abgebrochen. Aus diesem Grunde erfolgt eine Archivierung der Unterlagen. Raschke, Major.*

Benedict legt die *Abverfügung zur Archivierung* des Vorgangs zurück auf den Schreibtisch und pfeift leise durch die Zähne. Trotz der Pleite mit Sanger ist Freund Raschke also befördert worden. Na gut. Ging wahrscheinlich automatisch. Aber dieser Ami … ein

Wort von ihm beim ZK, und das MfS spurte. Irgendwie stimmte das nicht mit seiner bisherigen Sicht der Dinge überein. Aus der Flut der Medienberichte über diese Organisation hatte er den Eindruck gewonnen, daß das MfS als Staat im Staate machen konnte, was es wollte. Die Tatsache aber, daß ein Wink aus dem ZK genügte, um die Leute kuschen zu lassen … das deutete doch darauf hin, daß die Firma nur ausführendes Organ war. Wie hatte Meißner gesagt? Schild und Schwert der Partei.

Freitag vormittag stößt der Hauptkommissar dann aber völlig überraschend auf einen weiteren Sanger-Vorgang in den Akten des nunmehrigen Majors Raschke. Der hatte sich für die ihm beigebrachte Niederlage bei Sanger gerächt. Benedict bezweifelt, daß Dean Sanger je erfahren hat, wer ihm sein PLO-Filmprojekt in der DDR vermasselt hat. Der gesammelte Schriftverkehr zwischen der DDR-Filmgesellschaft DEFA, der Abteilung Internationale Verbindungen des ZK und dem Mitglied des Politbüros Prof. Kurt Hager über Dean Sangers geplanten Film „Tel Zataar“ zeigt deutlich die Einflußnahme des MfS. Jedenfalls wird Dean Sangers Filmscript trotz Fürsprache Yasir Arafats abgelehnt. So ist das eben, wenn man kleinen Leuten auf die Füße tritt. Jedenfalls kann Benedict sich am Freitag wieder auf seine eigentliche Aufgabe konzentrieren. Raschke ist wieder in der Hauptabteilung XX „politisch-ideologische Diversion“ gelandet.

Was er über Sanger aus den Akten erfahren hat, ist immer noch wenig genug. Im Grunde genommen weiß er über ihn nicht mehr als am vergangenen Montag, wo er einen Bekannten in der Musikredaktion des WDR angerufen hatte. Der hatte auf seine Frage nach einem amerikanischen Sänger namens Dean Sanger aus Denver lakonisch geantwortet: „Da fällt mir nur Johnny Denver ein, aber wer um Himmels willen soll Dean Sanger sein?"

Ja. Wer um Himmels willen ist Dean Sanger.

6

„Na, haben Sie am Wochenende schon was vor? Sonst könnten Sie mit zu uns nach Rauchfangswerder kommen. Ich hab da so 'ne kleine Klitsche geerbt!"

Fast bekommt Benedict eine Kiefersperre, als der MUK-Leiter ihn am Freitagmittag in der Normannenstraße anruft. So was hätte er vielleicht von Engel erwartet, aber bestimmt nicht von dem verkniffenen Meißner. Aber, warum denn nicht? Sicher besser als in dieser volkseigenen Jugendherberge rumzuhängen. Also akzeptiert er das überraschende Angebot des Kollegen, der ihn wenig später mit seinem Lada in der Ruschestraße erwartet.

„Ich fahr Sie schnell am VP-Heim vorbei. Da können Sie sich umziehen und ... ja ich soll Ihnen von meiner Frau noch ausrichten, wenn Sie schmutzige Wäsche haben, bringen Sie die doch mit. Sie macht Ihnen das übers Wochenende fertig!"

Immer noch verblüfft über die plötzliche Gastfreundschaft des Ost-Kriminalen, ramscht er dann ein paar Jeans und T-Shirts in seinem Zimmer zusammen, während Meißner draußen im Wagen wartet. Nach einigem Zögern klemmt er sich dann doch den Beutel Schmutzwäsche untern Arm.

„Wohnen Sie nicht auch hier irgendwo in der Nähe?" fragt er dann in der Annahme, daß sie Meißners Frau noch zu Hause abholen müßten.

„Gleich um die Ecke", antwortet der mit einer vagen Handbewegung, „aber wir können direkt rausfahren. Meine Frau und meine Tochter sind schon da!"

„Sie haben eine Tochter? Wie alt ist die denn?"

„Sechzehn. Geht noch zur Schule. Und Sie? Haben Sie Kinder?"

„Hm, hm", verneint Benedict kopfschüttelnd, und damit hat sich der Gesprächsstoff vorerst für eine Weile erschöpft.

„Welche Richtung liegt das eigentlich, dieses Rauchfangwerder?"

„Rauchfangswerder! Mit s dazwischen. Richtung Grünau, wenn Ihnen das was sagt."

„Können Sie da vorne halten?"

„Wo halten?" – „Da bei dem Blumenstand!"

Als Benedict nach einer Weile mit einem Blumenstrauß zurückkommt, schüttelt Meißner nur den Kopf. „Das Geld hätten Sie sich sparen können. Wir haben genug Blumen im Garten."

Meißners Lada rattert auf einer vierspurigen Ausfallstraße am S-Bahnhof Grünau vorbei. Keine Plattenbauten, keine Mietsblöcke mehr. Benedict genießt den Anblick märkischer Kiefern links und rechts der Straße. Er versucht, das Seitenfenster runterzukurbeln, aber die Mechanik scheint überdreht, und er beläßt es bei dem Versuch.

„Da drüben wohnt auch Stefan Heym. Falls Ihnen der Name was sagt!"

Falls Benedict gekränkt ist, läßt er sich das jedenfalls nicht anmerken. Heyms „Kreuzfahrer" waren ihm im Bücherschrank seiner Eltern in die Hände gefallen. Ein spannender Roman, der ihm den ersten Zugang zu deutscher Gegenwartsliteratur eröffnet hatte. Da war er so um die zwölf gewesen. Später, im Westen dann, hatte er den weiteren Weg des störrischen Schreibers immer mit Aufmerksamkeit verfolgt.

„Ja. Der Name sagt mir was“, erwidert er, aber seine leisen Worte dringen wohl nicht an die Ohren Meißners, denn der zeigt keinerlei Reaktion.

Schließlich überqueren sie eine Brücke. Links und rechts tauchen glitzernde Wasserflächen auf. Ein überfülltes Ausflugslokal. Hinter einem Campingplatz biegt Meißner dann rechts in den Kiefernwald ab. In einem villenartigen Wohngebiet halten sie vor einem alten Einfamilienhaus. Als Benedict aus dem Wagen steigt, riecht er Kieferduft und Schilfmoder, und die plötzliche Stille macht jetzt auch lautes Vogelgezwitscher hörbar.

„Herzlich Willkommen in der Sommerfrische!“ begrüßt ihn Ingeborg Meißner in der Eingangstür. Als Benedict hinter seinem Rücken den Blumenstrauß hervorzaubert, nimmt sie diesen fast verlegen entgegen. „Da freue ich mich aber!“ sagt sie ein wenig errötend und verschwindet gleich im Haus, um die Blumen zu versorgen. So ganz scheint Meißner seine Frau doch nicht zu kennen.

„Ich zeige Ihnen, wo Sie schlafen können“, murmelt der und geht voran in den ersten Stock des alten Häuschens. „Wenn Sie Ihre Sachen untergebracht haben, treffen wir uns unten im Garten. Zum Kaffeetrinken.“

Benedict öffnet das Fenster des kleinen Gästezimmers und atmet tief durch. Hinter dem Haus eine kleine Wiese mit einem gedeckten Kaffeetisch und gleich dahinter spiegelnde Wasserfläche. Das gegenüberliegende Ufer ist vielleicht dreihundert Meter entfernt. Auch dort scheinen Häuser zu stehen. Es ist schön hier. Kaum zu glauben, daß er vor wenigen Stunden noch im Schatten der Normannentürme stand.

Als sie später bei Pflaumenkuchen und Wespen am Kaffeetisch sitzen, taucht auch Meißners Tochter Diana auf. Höflich, aber den Blick abwendend, gibt sie ihm die Hand und beteiligt sich danach nur an der Unterhaltung, wenn sie gefragt wird.

„Also, Frau Meißner, Ihr Pflaumenkuchen, einfach super! Sie haben es überhaupt traumhaft hier draußen. So ein schönes, altes Haus! Das es so was noch gibt!“

„Nehmen Sie doch noch ein Stück, wenn's Ihnen schmeckt!“

„Sicher. Das Häuschen ist ganz hübsch. Aber wenn Sie die Villa von Dean Sanger sehen ... ganz anderes Kaliber. Ist hier ganz in der Nähe. Wohnt jetzt nur noch seine Frau mit ihrem Sohn drin.“

„Oh, Entschuldigung!“

Vor Überraschung fällt Benedict die gefüllte Kuchengabel in die Kaffeetasse. Braune Flecke bedecken die weiße Tischdecke an seinem Platz, und er bemüht sich verlegen, das Malheur mit seinem Taschentuch rückgängig zu machen.

„Lassen Sie mal sein. Das wasche ich gleich ... zusammen mit Ihren Sachen.“

Natürlich. Das war's. Irgendwoher war ihm doch der Ortsname bekannt gewesen. Rauchfangswerder. Hatte er doch in Raschkes Berichten über Dean Sanger gelesen. Immer wieder. Daß er da nicht gleich stutzig geworden war. Nur deshalb diese Einladung?

„Haben Sie das nicht gewußt?“ Meißners Blick über den Kaffeetisch hinweg drückt so etwas wie spöttische Verwunderung aus. „Ingeborg wird Ihnen 'ne Menge über Dean Sanger erzählen können, nu, Inge?“

„Na ja, hab halt über Amiga viel mit ihm zu tun gehabt.“ – „Amiga?“

„Nu, unser DDR-Plattenlabel. Da haben wir halt seine Songs und Lieder produziert. Auch mit den tschechoslowakischen Freunden zusammen.“

„Meine Mutter ist in der Produktionsabteilung von Amiga beschäftigt. Aber wohl nicht mehr lange!“

„Ach, halt du doch den Mund!“ fährt Ingeborg Meißner ihrer Tochter heftig über den Mund. Die schürzt schnutig die Lippen und rührt mit der Kuchengabel trotzig auf ihrem Teller rum.

Ihre Mutter fährt unbeirrt fort: „Jedenfalls haben wir Dean sehr gemocht. Er war in der ganzen Republik beliebt ... mit seinem Engagement für den Frieden ... und seiner offenen Art. Er war halt so ganz anders als unsere Leute. Ein richtiger Sunnyboy, eben!“

„Ja,ja. Und singen konnte er auch nicht!“

„Also, Diana! Jetzt ist aber Schluß!“ meldet sich Meißner zur Verteidigung seiner Frau, aber das klingt reichlich lahm und halbherzig.

„Laßt mal gut sein. Jeder hat eben seine Meinung. Und für uns war Dean eben das Größte. Haben Sie mal was von ihm gehört? Ich hab noch ein paar Aufnahmen von ihm da!“

„Muß das sein, Mutti?“ nölt die Tochter von der anderen Seite des Tisches, und der MUK-Kommissar, als ginge ihn das Gespräch überhaupt nichts mehr an, starrt angelegentlich zum Seeufer hinüber.

„Ich würde das gerne hören“, sagt Benedict, und das entspricht der Wahrheit.

Während Diana sich um das Kaffeegeschirr kümmert, begibt sich Meißner zum Bootssteg ans Seeufer, und der Düsseldorfer sitzt mit dessen Frau und ihrer umfangreichen Plattensammlung schließlich allein im Wohnzimmer vor der Stereoanlage. Das erste Mal sieht er das Gesicht des Amerikaners, den er bisher nur aus Raschkes MfS-Berichten kennt. Hübsche, weiche Gesichtszüge. Irgendwie kommen ihm die Worte sanft und lieblich in den Sinn, obwohl der junge Mann auf den meisten Plattencovers als männlich-harter Cowboy posiert. Dean Sanger. Das Gesicht umrahmt von einer halblangen Haarpracht, die ihn zu jener Zeit in der DDR zusätzlich zu einem Exoten gestempelt hätte. Wäre er nicht schon einer von sich aus gewesen. Denver, Colorado. Welten lagen zwischen diesem Nest in Ost-Berlin und den Rocky Mountains.

„Und … wie finden Sie ihn?“

Die Frage richtet Ingeborg Meißner ein Dutzend Platten später an ihn, und er beantwortet sie zögernd mit ausweichender Höflichkeit. „Ich kenne mich da nicht so gut aus mit. Hier war er ja wohl ganz erfolgreich.“

„Dean war für uns der Bote einer anderen, sonst verbotenen Welt. Er verkörperte all das, was wir nicht hatten. Offenheit, Freundlichkeit, Spontaneität, Weltläufigkeit … er brachte so etwas wie Glamour in unseren sozialistischen Alltag. Der Duft der großen, weiten Welt!“

Benedict läßt sich nichts von seiner Skepsis anmerken. Die Aufnahmen, die er soeben über sich ergehen ließ, siedelt er für seinen Geschmack irgendwo zwischen American Kitsch & Schmalz, Gus Backus und Burg Waldeckscher Klampfenromantik an. Er war nicht direkt schlecht, nein. Mit guter Promotion, besserer Aufnahmetechnik und exzellenten Background-Bands hätte Dean Sanger sich auf dem westdeutschen Schlagermarkt eine Villa mit Swimmingpool in Miami zusammensingen können. So gut wie Howie war er allemal. Zumindest was die Gesangskünste betraf. Aber Dean Sanger war eben nicht nach West-Deutschland gegangen, sondern in die DDR, hatte nicht die Villa in Miami gewählt, sondern ein Haus in Rauchfangswerder. Was um alles in der Welt hatte den netten Hübschling mit der kleinen Singstimme dazu getrieben? Und was war mit seinem merkwürdigen Tod durch Ertrinken im Juni 1986, dessen nähere Umstände für Benedict immer noch im dunkeln lagen?

Durch seine Gastgeberfamilie schien nach Benedicts Beobachtung, was die Person des Dean Sanger betrifft, ein eigenartiger Riß zu gehen. Des MUK-Leiters Haltung mochte dabei auch von einer gewissen, nachträglichen Eifersucht geprägt sein. Die unverhohlene Bewunderung, die sich immer noch in den glänzenden Augen seiner Frau bemerkbar machte, quittiert Meißner beim Abendessen mit kurzen und bissigen Bemerkungen. Gegen zehn verlassen sie auf der Flucht vor den angriffslustigen Mückenschwärmen die Wiese vor dem Haus, und Benedict verabschiedet sich mit einer Flasche Bier schläfrig auf sein Zimmer.

Gerade hat er sich erleichtert die Schuhe von den geschwollenen Füßen gepellt, als ein leises Klopfen an der Tür seine Vorbereitungen zur Nacht unterbricht. Erstaunt öffnet er die Tür.

„Ich hoffe, Sie schlafen noch nicht?"

Diana Meißner, die ihr Zimmer auch im ersten Stock hat, steht unsicher im Türrahmen. In der Hand hält sie ein Buch.

„Nein, sicher nicht. Kommen Sie ... komm doch rein."

„Ich weiß ja nicht, warum Sie sich so für Dean Sanger interessieren, aber er hat mir mal ein Buch über sich geschenkt. Wenn Sie das haben wollen ... sogar mit Widmung!"

Sie hält ihm das dünne Bändchen mit Dean Sangers Foto auf dem blauen Einband entgegen und bleibt dann abwartend neben dem Türrahmen stehen. Zum Setzen kann er sie schlecht auffordern, denn außer dem schmalen Gästebett gibt es keine Sitzgelegenheit in dem kargen Zimmer. Also blättert er im Stehen das Büchlein mit dem Titel „Aus meinem Leben“ durch.

„Für Diana, alles Gute! Dean Sanger“, liest er laut.

„Das bin ich!“ sagt sie, und tatsächlich klingt aus ihrer Stimme so etwas wie Stolz.

„Also findest du ihn doch ganz gut, oder?“

„Na ja, früher mal. Als ich noch klein war“, windet sie sich ein bißchen.

„Aha ...“, versucht Benedict seinen Spott zu unterdrücken.

„Dean Sanger war mehr was für ältere Leute wie meine Eltern, die Oktoberclub-Generation. Wir standen mehr auf echtem West-Rock oder DDR-Bands wie City, Silly oder Karat. Vielleicht auch noch die Puhdys oder Nina Hagen.“

„Und warum?“

„Der Dean Sanger hatte doch nicht so viel drauf. Texte und Musik, meine ich. Und außerdem war der immer so ... politisch und lieb Kind bei den Parteioberen. Nö, Dean Sangers Gesülze war nicht mehr unser Ding!“

Am folgenden Sonntag, von ungewohnt lauten Vogelgezwitscher früh geweckt, nutzt Benedict die morgendliche Stunde zu einem ausgiebigen Spaziergang durch Rauchfangswerder. Die Anschrift von Dean Sanger aus den MfS-Akten hatte er sich mit einiger Anstrengung vor Augen gerufen, und nach kurzem Suchen steht er vor dem Anwesen am Schmöckwitzer Damm. Eigentlich weiß er gar nicht genau, warum er diesen Ort aufsucht. Schließlich kann er da nicht einfach reingehen und mit Sangers Witwe ein morgendliches Pläuschchen veranstalten. Worüber auch? Aber wenigstens hat er sich einen Eindruck von den Lebensumständen des Sängers verschafft. Weiß jetzt, an welchem Ort Raschke den Amerikaner zur Mitarbeit gewonnen hat. Und die Witwe würde sowieso mit Vorsicht zu genießen sein, denn immerhin war sie ja nicht so ganz uneingeweiht gewesen.

„Nu, 'n bißchen umgesehen?“ begrüßt ihn Meißner am Frühstückstisch mit Mißtrauen in der Stimme.

„Ja. Herrliche Gegend hier!“

„Haben Sie Lust zu einer kleinen Spazierfahrt?“ fragt ihn Herbert Meißner, als sie das Frühstück beendet haben.

„Bei dem schönen Wetter?“

„Ist vielleicht zu weit zum Laufen, aber wenn Sie nicht wollen ...“

Nach kurzer Fahrt halten sie vor einem kleinen, stillen Friedhof, und Meißner führt den West-Polizisten wortlos zu einer Grabstelle mit einem fast unbearbeitet wirkenden Findling. Grobe Steinmetzwerkzeuge haben ihn mit einer Inschrift versehen. Dean Sanger 22.9.1938 – 12.6.1986.

Hier also liegt er begraben. Ein richtiger Friedhof. Das leichte Rauschen der Kiefernkronen unterstreicht nur noch die Ruhe der Anlage. Einen weiten Weg ist er gegangen. Von den Ausläufern der Rockies bis zu den märkischen Sanddünen.

„Es gibt da so eine Geschichte zu diesem Grabstein ...“

„Ja?“

„Angeblich hat seine Frau panische Angst davor gehabt, daß er sie in Richtung Amerika verlassen wollte. Um sie zu beruhigen, hat er vor seiner letzten USA-Reise dieses Grab und diesen Grabstein gekauft. Da war sein Todesdatum aber wohl noch nicht drauf“, kann sich Meißner den Sarkasmus nicht verkneifen.

„Hat wohl nicht nur seine Frau davor Angst gehabt!“

„Wieso?“

„Raschke hat in seinen Berichten über Sanger sehr oft betont, daß dieser keinesfalls beabsichtige, der DDR den Rücken zu kehren. Für meinen Geschmack etwas zu oft. Klang ein bißchen so wie das berühmte Pfeifen im Wald!“

„Kann ich mir gar nicht vorstellen. Dem ging's doch nun wirklich gut bei uns. Können wir weiter?“

Später lenkt Meißner den Lada auf einen engen Forstweg und hält erst, als sie schon Wasser durch die Bäume blinken sehen. Wenige Meter gehen sie noch zu Fuß, bevor sie den Wald verlassen und am Rande eines flachen, verschilften Seeufers stehen. Nicht weit entfernt ragt ein Wasserrettungsturm auf. Da drüben, zeigt Meißner in die Anfahrtrichtung, liegt Rauchfangswerder, und dahinten Schmöckwitz. An dieser Stelle hat man Dean Sanger damals gefunden.

Bevor Benedict den Ort länger auf sich wirken lassen kann, wendet sich der MUK-Leiter unvermittelt ab und geht mit eiligen Schritten zurück in den Wald. Suchend springt sein Blick zwischen den Kiefernbäumen hin und her. Schließlich weist er auf einen etwas freieren Platz. „Da stand sein Wagen. Auch ein Lada. Beschädigungen an der vorderen Stoßstange. Muß wie ein Irrer zwischen den Bäumen durchgebrettert sein. Na, kein Wunder. Bei dem Zustand.“

„Woher wissen Sie das alles?“

„Der Vorgang landete damals sofort bei uns, bei der K. Gleich nachdem die Wasserschutzpolizei Sangers Leiche gefunden hatte.“

„Also, Sie haben die kriminalpolizeilichen Ermittlungen in der Todessache Sanger geführt? Und das sagen Sie mir erst jetzt!“

„Nu hören Sie mir bitte mal zu, Kollege Benedict! Ich habe den Auftrag, Sie bei der Klärung des Sachverhaltes Raschke, alias Fuchs, zu unterstützen. Von Ermittlungen in der Sache Sanger ist nie die Rede gewesen. Die Auskünfte, die ich Ihnen an diesem Wochenende gebe, sind ein reiner ... Freundschaftsdienst, und nichts weiter. Ich glaube nicht, daß Ihre und meine Vorgesetzten darüber sehr glücklich wären. Schließlich ist der Fall schon lange abgeschlossen. So viel ist ja mal Fakt!"

Auf dem Rückweg macht Meißner einen kleinen Umweg, und es gelingt ihnen tatsächlich, zwei freie Plätze in dem Schmöckwitzer Ausflugslokal zu ergattern.

Als sie dann bei einem freundlichen Hellen an einem der Gartentische in der „Palme" sitzen, scheint sich auch der Ost-Kriminale so weit beruhigt zu haben, daß Benedict wagen kann, ihn in den Hintergrund seiner Sanger-Neugier einzuweihen.

„Das sind doch reine Hirngespinste von Sangers Tochter in Amerika. Wir konnten jedenfalls damals keinerlei Fremdverschulden feststellen. Der ist ertrunken. Haben unsere Ermittlungen einwandfrei ergeben."

„Und Ihre Leute von der MUK waren damals auch als erste am Fundort der Leiche? Ich meine, nachdem die Wasserschutzpolizei ihn geborgen hatte?"

„Na ja, nicht direkt", druckst Meißner etwas herum, „die Genossen von der Firma waren schon vorher da. Aber das war ganz natürlich. Nachdem Sanger von seiner Frau als vermißt gemeldet worden war, sind die selbstverständlich sofort eingeschaltet worden und haben da mit der Wasserschutzpolizei zusammen im Schilf rumgestochert. Einen Dean Sanger läßt man schließlich nicht so einfach verschwinden!"

„Also waren Sie erst nach den MfS-Leuten bei der Leiche?“

„Mensch, Benedict“, reagiert der MUK-Leiter ziemlich genervt, „wir von der K haben uns von denen auch kein X für ein U vormachen lassen. Sicher, offiziell hätten wir deren Version über Tathergänge niemals anzweifeln dürfen. Aber wir hatten auch unseren beruflichen Stolz. Manche Nachermittlungen haben wir da nur für uns selbst geführt. Um die Brüder bei Fehlern oder Vertuschungen zu erwischen. Nicht, um es ihnen nachzuweisen, sondern aus kriminalpolizeilichem Ehrgeiz. Aber dieser Fall war meines Wissens dann sogar andersrum: die haben unsere Untersuchungsergebnisse nochmals nachermittelt. Wollten ganz sicher gehen, daß da nicht doch was war. Nee, die Sache war unserer Meinung nach wasserdicht. Im wahrsten Sinne des Wortes!“ macht Meißner den Versuch eines abschließenden Scherzes.

Nicht ganz überzeugt fischt Benedict mit dem Finger eine Fliege aus dem halbleeren Bierglas und wechselt dann das Thema.

„Nehmen Sie mir meine Neugier bitte nicht übel, aber es beschäftigt mich schon die ganze Zeit: warum hat der Engel Sie eigentlich einen „Kriegsgewinnler“ genannt?“

Augenblicklich schieben sich Meißners Gesichtszüge wieder zusammen, aber bevor Benedict die Frage zurücknehmen kann, öffnen sich seine Lippen doch zu einer Antwort.

„Ach, das ist so ’ne typische Wendegeschichte bei uns. Bin erst vor kurzem zum Leiter der MUK befördert worden. Wäre an sich noch lange nicht drangewesen, aber ... mein Vorgänger war der Klaus Mündermann, Sohn von *dem* ZK-Mündermann. Der mußte ‚freiwillig‘ zurücktreten. Hat auch mit draußen in Wandlitz gewohnt. Und das alles ist ja in diesen Zeiten nu keine besonders gute Empfehlung mehr. War kein schlechter Kriminalist, aber ... jedenfalls bin ich über Nacht sein Nachfolger geworden. Das meinte der Engel. Findet der wohl witzig."

Spätabends dann fahren sie gemeinsam zurück in die Stadt, und vor dem VP-Heim steigt Meißner sogar noch mit aus dem Wagen.

„Ich hoffe, daß es Ihnen bei uns gefallen hat."

„Es war ein gutes Wochenende. Sehr ... aufschlußreich. Nochmals, vielen Dank für alles. Auch für die Wäsche!" ruft er Meißners Frau im Wagenfonds zu.

„Was ich Ihnen noch sagen wollte, Kollege Benedict. Ich weiß, Sie finden den Oberleutnant Engel ja besonders nett. Nicht daß Sie mich falsch verstehen, wir sind schon lange Kollegen, aber seien Sie mit ihm ein bißchen vorsichtig. Mehr möchte ich dazu nicht sagen, gute Nacht!"

Nachdenklich blickt der Hauptkommissar den Rücklichtern des Meißnerschen Ladas nach, bis dieser um die Ecke verschwindet. Als er die Eingangstür des VP-Heims öffnet, wendet er sich noch einmal zurück und läßt den Blick prüfend über die am Straßenrand geparkten Fahrzeuge schweifen. Als ihm nichts weiter auffällt, zuckt er mit den Achseln und betritt die Eingangshalle des VP-Gästeheims.

7

Die S-Bahn ist voll, aber Benedict erwischt mit seiner „Berliner Zeitung" doch noch einen freien Platz. Natürlich beschäftigt die Verhaftung von fünf weiteren RAF-Terroristen auf dem Staatsgebiet der DDR die Medien, und am gestrigen Sonntag ist in dieser so unerhörten Zeit wieder mal Unerhörtes geschehen: die NVA-Ehrenposten am Mahnmal für die Opfer des Faschismus Unter den Linden verweigerten ihren Dienst wegen eines Kranzes, den die hierzulande verbotenen Republikaner dortselbst niedergelegt hatten. Aber das alles scheint die Menschen in dieser merkwürdigen Halb-Hauptstadt wenig zu interessieren. Die Gespräche der DDRler bewegen sich hauptsächlich in eine Richtung: Wie ruble ich meine gesparten Alu-Chips in blankpolierte D-Mark um? Und während die Massenmedien den Balanceakt zwischen Aufklärung über Quoten und Kontenumstellung und Anprangerung des Goldenen-Kalb-Getanzes versuchen, drängen sich die Ost-Berliner in langen Schlangen vor Sparkassen, Postämtern und Banken. Auch das Geschubse bei den „freien" Devisenhändlern mit den gigantischen Umtauschquoten wird von Tag zu Tag hektischer. Die ganze Hauptstadt der DDR scheint zu einer monströsen Wechselstube verkommen zu sein.

Als Benedict den sicheren Hafen in der Normannen-Straße erreicht hat, schnauft er erleichtert vor sich hin. Froh, den gierigen Geldwechslern da draußen entronnen zu sein, beginnt er mit dem Studium der neuen Raschke-Vorgänge auf seinem Tisch. Die Routine hat ihn wieder, und er notiert fein säuberlich Namen auf seinen Schreibblock, den er beim Verlassen des Hauses wieder von den Bürgerkommiteelern kontrollieren lassen wird.

Ganser in Düsseldorf wird sich freuen, denn dieser Raschke hat sich ziemlich effektiv in den Kreisen der DDR-Opposition bewegt. Wie ein Fisch im Wasser, kommt Benedict der Leitsatz aus Maos Brevier über den Partisanenkrieg in den Sinn. Aber der hatte das wohl etwas anders gemeint. Wenn die Leute alle wüßten, wer sie da ans Messer geliefert hat ... wem sie so manche schicksalhaft scheinende Wende in ihrem Leben zu verdanken hatten ...

Während des Essens in der Stabskantine setzt sich der Hauptkommissar etwas abseits und blättert, über den Teller gebeugt, in Diana Meißners Buch über Dean Sanger. Gestern abend hatte er zwar müde noch ein wenig in dem schmalen Bändchen herumgeblättert, sich aber hauptsächlich die Fotos betrachtet.

Dean Sangers Posen.

Der Cowboy mit Gitarre, der Fußballspieler, der Motocross-Rider auf der MZ, Dean Sanger hoch zu Roß, auf einer Hängematte am Amazonas, als kerniger Rodeo-Reiter und als „lonesome" Gunman. Hey, I'm the American hero!

Und dann wieder diese ganz anderen Bilder. Vor der US-Botschaft in Chile wäscht er 1970 symbolisch das Sternenbanner und wird von chilenischen Soldaten verhaftet. Pressefotografen natürlich dabei. Dean Sanger mit dem Ersten Sekretär des ZK des sowjetischen Komsomol, mit Präsident Allende, Daniel Ortega, Yasir Arafat und Ernesto Cardenal.

Wie geht das alles zusammen? Hier das aufstrebende Schlagersternchen von Capitol-Records mit dem typisch amerikanischen Hang zur Selbstdarstellung und da der Kämpfer für die Rechte der Unterdrückten und Liebling der sozialistischen Massen. Der Überläufer. Verräter am American Way of Life.

Und auch Ramona Sanger ist auf den Fotos. Ein pummeliger Teenager. Mit smiling Dean vor dem amerikanischen Traum aus Chrom und Weißwandreifen. Er kann kaum eine Ähnlichkeit mit der aufgeregten jungen Dame aus dem Los Angeles des vergangenen Novembers entdecken.

Nach den Fotos zu urteilen, war das doch ein ziemlich sportlicher Typ gewesen. Und der soll so einfach ertrunken sein? Für Meißner jedenfalls war die Sache klar. Aber wie weit kann man dem Leiter der MUK da trauen? Andererseits, welche Gründe sollte er haben, ein eventuelles Fremdverschulden oder gar eine Beteiligung des MfS zu verschleiern? Jetzt noch?

„Ich habe ihn noch persönlich erlebt, 1973, bei den Weltfestspielen. Unsern Dean! Draußen in Weißensee!"

Erschrocken sieht Benedict auf und in die glänzenden Augen der Staatsarchivarin.

„Darf ich mich zu Ihnen setzen?"

„Natürlich, gerne." Kann er der Dauergewellten wohl schlecht abschlagen. Immerhin sorgt sie für ständigen Nachschub an Raschke-Akten in der Zentralkartei. In den Augen der etwa Fünfzigjährigen liegt immer noch dieser Schimmer. So hatten auch Ingeborg Meißners Augen geglänzt, als sie über Dean Sanger sprach.

„Das gleiche Buch habe ich auch zu Hause. Sogar mit Widmung!"

Mein Gott, hatte der denn jedem in diesem Lande persönlich ein Buch gewidmet?!

„Was ich nicht verstehe, Sie sind doch von der West-Polizei, was interessiert Sie denn an Dean Sanger?"

„Sie werden lachen, ich bin zufällig in Ihren Akten auf ihn gestoßen und ... ich finde, daß er ein bemerkenswerter Mensch gewesen sein muß ..."

Als hätte er eine Schleuse geöffnet. Die Archivarin scheint ihn wirklich persönlich gekannt zu haben. „Damals in Weißensee haben wir ihm bei strömendem Regen zugejubelt. Er hat uns mit seinen Liedern alle mitgerissen. Kennen Sie ‚We shall overcome'? Alle haben mitgesungen, so feierlich war das. Wissen Sie, was er mal zu mir gesagt hat? ‚Ich weiß, daß ich nicht die Welt ändern kann, aber ich bin der Meinung, daß jeder Mensch alles tun sollte, was in seinen Kräften steht, um dafür zu sorgen, daß alle Menschen auf der Welt in Glück und Frieden leben können!'"

Benedict findet das reichlich plakativ und propagandistisch, aber er möchte den Mitteilungsdrang der Frau nicht blockieren und nickt daher interessiert mit dem Kopf.

„Ich fand Dean Sanger nicht nur als Künstler, sondern auch als Menschen großartig. Besonders gefiel mir seine Bescheidenheit und Freundlichkeit. Er war ein so sensibler Mensch. Manche Kollegen hatten ja was gegen sein politisches Engagement, aber wenn sie ihn dann persönlich sahen, änderten sie ihre Meinung. Wissen Sie, daß in Potsdam sogar eine Schule nach ihm benannt wurde?"

Als Benedict später mit Marianne Theuerkorn zusammen die Stabskantine verläßt, scheint es, als habe er eine Freundin gewonnen.

„Na, kommen Sie mit unseren neuen Kollegen zurecht?"

Mit dieser Telefoniererei ist das aber auch jedesmal ein Kreuz. Immer muß er dazu über den LKA-Beyer gehen und immer wieder dessen blöde Fragen beantworten, bevor er endlich Zugang zu dessen Funktelefon erhält.

Ganser hat zum Glück Stallwache im Düsseldorfer Präsidium.

„Seid ihr schon auf was gestoßen?"

„Du bist gut. Liefer erstmal genügend Material! War ja reichlich dünn in der letzten Woche. Wir wollten dich beinah schon zur Fahndung ausschreiben!“

„Hab dir doch gesagt, was los war. Also notiere, oder kannst Du das auch nicht?!“

„Ich höre!“

„Günther Gronwald, geb. 12.9.1941 in Werneuchen ...“

„In was?“

„Werneuchen!“

„Sind das Namen“, stöhnt der Rheinländer am anderen Ende der Leitung gequält auf.

„Gudrun Hindemith, geb. 10.5.1934 in Leipzig. Das wirst du ja wohl kennen!“

Am Ende sind es elf Namen, die Benedict zur Abgleichung an die Kollegen vom K 1 durchgegeben hat.

„Und sonst? Gibt's was Neues bei euch?“

„Nö. Die Düsseldorf Panther haben die Red Barons mit 11:0 besiegt, aber das wirst du schon wissen!“

Weiß er nicht. Der Sieg des Düsseldorfer Football-Teams ist an ihm vorbeigegangen.

„Hat Mel Crandell bei den Kölnern mitgespielt?“

„Woher soll ich das denn wissen? Ich war mit Angela zum Gedenktags-Picknick, und außerdem weißt du doch, daß ich mit American Football nichts am Hut habe!“

„Gedenktags-Picknick?“

„17. Juni, Mensch, wo lebst du denn?!“

„Ach ja, der ...“

Auch davon hatte er draußen in Rauchfangswerder nichts mitbekommen.

Als Littbarski in der 89. Minute doch noch das Tor für Deutschland schießt, haut ihm Meißner so fest auf die Schulter, daß er sich fast die gesamte Bierflasche über die Hose schüttet.

„Jaaa!“ brüllt Meißner laut und tanzt vor seinem Stuhl herum. „Das ist es! Na endlich, der kleine Littbarski! Und das kurz vor Schluß, Mensch!“

Benedict versteht Meißners Aufregung nicht. Schließlich war die deutsche Mannschaft sicher im Achtelfinale und das Spiel gegen Kolumbien in Mailand reine Formsache. Ja, wenn das die Super Bowl gewesen wäre. Aber diese Kickerei ... Und wieso echauffiert sich der Meißner überhaupt so? Da spielt doch die BRD. Und warum ist der zum Fußballgucken hierher ins VP-Heim gekommen, wird doch wohl ’n Fernseher zu Hause haben.

Minuten später hat sich dann auch der MUK-Leiter wieder unter Kontrolle. Die Kolumbianer haben in der letzten Spielminute doch noch den Ausgleich geschafft und die Verhältnisse wieder geradegerückt.

„Ist ja von den Spielanteilen her auch gerecht“, meint er, als sie den Fernsehraum verlassen und zu Benedicts Zimmer gehen. Während der sich im Badezimmer eine neue Hose anzieht, grübelt er immer noch darüber nach, warum Meißner diesen Abend ausgerechnet im Fernsehsaal des VP-Gästeheims verbringen wollte. Wieder zurück, sieht er Meißner in dem Buch über Dean Sanger blättern.

„Immer noch auf heißer Fährte?“ fragt er den Eintretenden spöttisch und legt das Buch aus der Hand.

„Sagen wir mal so: immer noch interessiert.“

„Hab Sie wohl nicht so ganz überzeugt?“

„Ja, das trifft es wohl.“

„Mm. Wär ja auch gelacht, wenn’s anders wäre. Na, dann habe ich Ihnen hier was mitgebracht, das Sie wohl endgültig überzeugen wird!“

Erstaunt blickt der Hauptkommissar auf den Umschlag, den der Leiter der MUK aus seiner Jackentasche genestelt hat.

„Vertraulich und zu treuen Händen. Ich erwarte,

daß Sie mir den Bericht morgen wieder persönlich zurückgeben. Er muß wieder dahin … wohin er gehört. Sie verstehen hoffentlich!“

Dann ist Meißner ganz plötzlich aus dem Zimmer verschwunden, und Benedict reißt den Umschlag auf. Als er das oberste Blatt des mehrseitigen Berichts gelesen hat, weiß er, was Meißner mit seinen letzten Worten sagen wollte. Adressiert an den *General-Staatsanwalt von Berlin, Hauptstadt der DDR* und mit Datum *01.07.1986, 7.30 Uh*r handelt es sich um nichts weniger als das Sachverständigengutachten der *Professoren Dr. med. O. Gropol und G. Madar vom Bereich Medizin (Charité) der Humboldt-Universität zu Berlin Institut für Gerichtliche Medizin, in der Leichensache Sanger, Dean, gestorben 12.06.1986!*

Das ’n Ding. Der Meißner, dieser volkseigene Stiesel! Und dann bringt der ihm klammheimlich den Sangerschen Sektionsbericht. Den Klassenfeind mit geheimen DDR-Unterlagen zu versorgen! Was mochte darauf früher gestanden haben? Lebenslänglich wegen Landesverrat und Konspiration? Warum macht er das? Was verspricht sich der Meißner davon? Oder wirklich doch nur kollegiale Hilfe? Was hatte der am See noch gesagt: ein Freundschaftsdienst …

Kein Zweifel, das Gutachten stützt Meißners Angaben zum Tode Dean Sangers ganz gewaltig, wenn es auch nur als *Vorläufiges Gutachten* gekennzeichnet ist. Gibt es vielleicht aber doch noch ein Endgutachten mit abweichenden Ergebnissen? Das geht aus diesen Unterlagen nicht hervor. Und was soll das heißen, *die Befunderhebung ist erschwert und stark eingeschränkt.* Nur eine der üblichen, vorsorglichen Absicherungen gegen den späteren Nachweis professoralen Fehlgutachtens oder mehr?

Prof. Gropols achtseitiges Gutachten wirft jedenfalls Fragen auf, die ein medizinischer Laie wie Benedict nicht beantworten kann. Morgen früh würde er doch mal nach West-Berlin rüberfahren müssen, denn für dieses Gespräch möchte er jeden Mithörer ausschließen.

„Haben Sie ein bißchen Zeit für mich, Herr Professor?"

Er kennt Prof. Fenner, den Leiter der Rechtsmedizin der Universität Düsseldorf, seit 1986 und weiß, daß der ihm seine Bitte nicht abschlagen wird.

„Ich bräuchte Ihre Expertise, ein medizinisches Gutachten aus der DDR betreffend. Können Sie mir da weiterhelfen?"

„Wer hat das Gutachten denn gemacht?" fragt der Rechtsmediziner zögernd zurück.

„Ein Prof. Dr. sc. med. O. Gropol von der Humboldt-Universität in Berlin. Kennen Sie den vielleicht?"

„Prof. Gropol?" Noch deutlichere Zurückhaltung liegt jetzt in der Stimme des Düsseldorfer Spezialisten. „Eine international anerkannte Kapazität. Na ..., und worum geht's da genau?"

Das wird doch schwieriger, als er angenommen hat. Er weiß, daß die Mediziner sich mit bewertenden Aussagen zu Untersuchungsergebnissen ihrer Kollegen sehr schwer tun, trotzdem ... er muß es versuchen.

„Post mortem Sektion einer männlichen Wasserleiche."

„Schon wieder? Sie haben uns doch erst im letzten Monat eine gebracht. Ja ... und?"

„Wenn da steht: *häufiger Befund bei Vorliegen eines Diabetes mellitus,* was heißt das? Kann man auf eine medikamentöse Behandlung schließen?"

„Nein … nicht unbedingt. So was ist auch mit diätetischen Mitteln behandelbar, war es das?“

„Tut mir leid, aber ich muß das wirklich wissen, Herr Professor. *Punkt Alkoholbestimmung: Venenblut 0,2, Urin 0,1 und Liquor (Rückenmarksflüssigkeit) 0,2.* Hat das was zu bedeuten?“

„Gaschromatisch ermittelt?“

„Ja.“

„Und wie lange nach dem Eintritt des Todes bestimmt?“

„Zirka fünf Tage.“

„Ohne Bedeutung … nach meinem Dafürhalten. Sie finden einen gewissen Alkoholgehalt ja in allen Körperflüssigkeiten, und das hier liegt empirisch durchaus im Bereich des Normalen.“

Zwanzig Minuten später legt Benedict den schweißnassen Hörer erleichtert auf die Gabel und verläßt die drückende Hitze der Telefonzelle hinter der ehemaligen Sektorengrenze. Seine Erleichterung hat weniger mit Fenners Antworten zu tun, denn diese waren von ähnlich windelweicher Natur gewesen wie die des Ost-Professors, als mit der Art des Gesprächsverlaufs. Eine Krähe hackt der anderen eben kein Auge aus. Sicher war er voreingenommen. Seine bisherigen Erfahrungen im Umgang mit diesen Leuten gaben ihm auch allen Grund dazu. Es sollte ihn nicht wundern, wenn Fenner sich gerade in diesem Augenblick mit seinem Kollegen in Ost-Berlin in telefonische Verbindung zu setzen versucht.

Sei's drum.

Viel weiter hat ihn das Telefonat jedoch trotzdem nicht gebracht. Was hatte er aber auch erwartet? Formulierungen wie etwa *Die Befunderhebung ist erschwert und stark eingeschränkt, soweit bei fortgeschrittenen postmortalen Veränderungen feststellbar* oder *Gutachten nach Kenntnis aller Er-*

mittlungsergebnisse nachdrücklich vorbehalten, waren nach Fenners Aussagen international übliche Standardvorbehalte zum Schutze des Gutachters und nichts, was auf etwaige Unregelmäßigkeiten bei der Erstellung hinweisen könnte. Zu *Radedorm*, einem DDR-Psychopharmakon, von dem Gropol im toxischen Bereich liegende Wirkstoffmengen in Sangers Körper gefunden hatte, wollte oder konnte sich der West-Professor nicht äußern. Insbesondere wollte er nicht auf Benedicts Frage eingehen, wie dieses Zeugs wohl bei jemandem wirken könnte, der es regelmäßig nahm. Schließlich hatte der DDR-Mediziner daraus den Schluß gezogen, daß *nach Einnahme solcher Dosen in der Regel stark sedative (=dämpfende) bis hypnotische Wirkungen auftreten, die ein Ertrinken fördern und beschleunigen können.*

Über zwei Wochen ist er nun schon in dieser Stadt, aber das nahezu mühelose Überqueren der ehemals undurchdringlichen Grenzsperren in jedweder Richtung verursacht ihm noch immer Gefühle mit dem prickelnden Reiz des Ungewohnten. Aus dem ehemaligen „Palast der Tränen", wie oft war er selbst dort wieder Richtung Berlin (West) verschwunden, soll ja nun eine Disco werden. Vielleicht gar nicht mal die schlechteste Verwendung. Und der Intershop im „Metropol" versucht seine letzten schäbigen Restbestände an Valuta-Waren loszuwerden. Die einstige Edelabsteige für West-Besucher macht heute einen eher heruntergekommenen Eindruck. Aber vielleicht hatte sie auch früher schon ihren Talmiglanz einzig und allein aus dem heruntergewirtschafteten Umfeld und den geparkten West-Autos bezogen ... und den buntverpackten Sendboten einer exotisch fernen Konsumwelt.

Was mochte einen Mann wie Dean Sanger nur

hierher gelockt haben? Und was hatte ihn hier festgehalten? Weder Diana Meißners Büchlein noch die schwärmerische Begeisterung der ältlichen Staatsarchivarin hatten ihm darüber genügend Aufschluß gegeben. Dazu war das Buch auch zu sehr eine Auftragseloge. In wessen Auftrag auch immer. Immerhin kennt Benedict jetzt aber doch einige Daten seines Lebenswegs. Daten, an die er sich halten kann. Auch einige Fakten eben, die, ungefärbt von Politschwärmereien, dem Hauptkommissar etwas mehr Sicherheit geben. An sich war da doch alles geregelt und reichlich vorbestimmt gelaufen im Leben des Mittelklasse-Sprößlings Dean Sanger aus Denver, Colorado.

Lehrer-Familie mit gutem Auskommen und drei Söhnen, alle sportliche Freilufttypen. Dean lernt reiten, soll Offizier werden und kommt mit zehn Jahren auf eine Kadettenschule. Hier beginnt die bis dahin gradlinige Biographie des Jungen erstmals zu verschwimmen. Angeblich, so steht es jedenfalls in diesem Buch, hätte ihn der stumpfsinnige Drill dort abgestoßen und *mit Hilfe der Mutter setzt er bei seinem Vater durch, daß er die Kadettenschule verlassen kann.* War das wirklich sein Wille gewesen, oder wollte die Mutter, die in seinem Leben später eine so dominierende Rolle spielen wird, ihn einfach wieder bei sich haben? Jedenfalls setzte sie sich gegen den Willen des Vaters durch, und das Ganze schien ja auch keinen nennenswerten Bruch in Jung-Deans Lebensweg verursacht zu haben. Wie viele andere Gleichaltrige verdient er sich neben der Schule Geld dazu und kauft sich davon sein eigenes, erstes Pferd. Er reitet hervorragend, schwimmt, treibt Langlauf. Als er zwölf wird, schenkt ihm sein Vater eine Gitarre, und bald spielt Dean so gut, daß er auf Parties und Schulfeiern singt. Alles ganz normal für einen jungen Teenager aus Denver, Colorado. Und selbst dieser ominöse Wettlauf mit einem Muli über eine Strecke von immerhin 110 Meilen, den er nach 47 Stunden Dauer knappe drei Minuten vor dem Muli gewinnt, paßt doch immer noch zu der „fightingspirit"-Mentalität der Amerikaner. Nichts, was auf den späteren Ausbruch hindeutet. Eher auf einen besonders ausgeprägten Sinn für Publicity, denn wer anders als er selbst hatte einen Artikel über dieses Wettrennen im nationalen Nachrichtenmagazin „Newsweek" lanciert? Aber auch das scheint nichts Besonderes in diesem so PR-süchtigen Land. Nein, da mußte einfach mehr passiert sein, um …

„Was ist los? Du wollen Ärger?"

Er hat gepennt, ist mitten in die auf dem Bürgersteig hockenden Hütchenspieler reingerannt. Sieht sich plötzlich von schwarzlockigen Jugendlichen umringt, deren böse zusammengekniffene Augen nichts Gutes erwarten lassen. Schon blitzt eine Messerklinge im Sonnenlicht, als eine Hand ihn am Arm packt und eine bekannte Stimme in barschem Ton „Volkspolizei! Ausweise, aber dalli!" ruft. Binnen Sekunden hat sich der Straßenspuk in alle Himmelsrichtungen verflüchtigt.

„Na, Sie haben Nerven! Wollen Sie sich mit denen anlegen?"

Oberleutnant Engel zieht ihn schnell auf die andere Straßenseite hinüber, wo der MUK-Wartburg leise Zweitakt-Wölkchen von sich gibt.

„Da haben Sie aber Glück gehabt. Wenn Sie ins Präsidium wollen, kann ich Sie direkt mitnehmen!"

Mit einiger Verwunderung stellt Benedict fest, daß der Oberleutnant der MUK den Dienstwagen in den letzten Tagen zu einem Privat-Taxi umfunktioniert zu haben scheint. So ganz unglücklich ist der Hauptkommissar darüber im Moment aber nicht.

„Haben Sie's dabei?" empfängt ihn Meißner und zeigt Erleichterung, als Benedict ihm den Umschlag mit dem Gutachten der Charité auf den Schreibtisch legt.

„Und?" meint er, nachdem er ihn wieder in einem Aktenschrank aus Stahl verschlossen hat.

„Tjaaa ...", erwidert Benedict langgedehnt und reibt sich das Kinn.

„Ist doch wohl eindeutig! Tod durch Ertrinken ohne Fremdverschulden!"

„Ja, sieht danach aus ..."

„Aber?" runzelt der MUK-Leiter die Stirn.

„Na ja, einige Formulierungen lassen ja doch Platz für gewisse Spielräume und ..."

„Wollen Sie etwa ein Gutachten von Prof. Gropol anzweifeln? Der Mann ist eine internationale Kapazität auf seinem Gebiet!"

Ja, so ähnlich hatte er das heute schon mal gehört. Fast das gleiche hatte Prof. Fenner am Telefon geäußert. Mußte es aber deshalb richtig sein?

„Wissen Sie, Herr Meißner, wir haben da in der Vergangenheit auch schon gewisse Erfahrungen mit Gutachten aus dem ... Osten gemacht. Ein Leipziger Professor, auch so eine ‚Kapazität', hat ein nachweislich falsches Gutachten erstellt. Natürliche Todesursache, Herzschlag. Dabei war der Mann, ein BRD-Bürger, an einem DDR-Grenzkontrollpunkt von ... Ihren Leuten brutal mißhandelt worden. Also, Sie werden verstehen, daß ich auch dieses Gutachten mit ... einer gewissen Zurückhaltung zur Kenntnis nehme. Wie übrigens auch so manches unserer Gutachten im Westen!"

„Finden Sie nicht trotzdem, daß Sie sich da ein bißchen verrennen?" Meißners Finger trommeln nervös auf der Schreibtischplatte herum. „Was macht denn eigentlich Ihr ... Nebenfall?" fragt er schließlich mit dem Versuch, Spott anklingen zu lassen.

„Ach, das geht seinen Gang ... wie ist es denn zu den im Gutachten erwähnten *CANUTOschen ‚Probierschnitten‘* an Dean Sangers Unterarmen gekommen? Haben Ihre Ermittlungen dazu damals was ergeben?“

„Sie wollen das Offensichtliche wohl nicht wahrhaben, was? Dean Sanger hatte in seinen letzten Jahren ziemliche Probleme gehabt. Überwiegend privater Natur. Vielleicht ja auch mit der DDR, aber da kann ich nichts drüber sagen. Meistens ging's da um Frauen. Eifersucht. Kurz vor seinem Tod hat er versucht sich umzubringen. Mit einer Machete aus seinem Privatbesitz. Ziemlich laienhaft und uneffektiv das Ganze und demonstrativ vor Publikum. In seinem Haus in Rauchfangswerder. Soll eine reichlich hysterische Angelegenheit gewesen sein. Also, es gab genügend Zeugen dafür, falls Sie das auch anzweifeln wollen!“

„Nein, nein. Ganz sicher nicht, wenn Sie das so genau wissen!“

„Übrigens, was ich Ihnen da am Sonntagabend gesagt habe, eine gewisse Person betreffend, das habe ich ziemlich ernst gemeint, Herr Benedict!“

Auch Benedict hatte Meißners Worte vor dem VP-Heim noch lange nachwirken lassen und sie durchaus nicht auf die leichte Schulter genommen. Eingedenk dessen hatte er auch Engels süffisant gestellte Frage, eben auf der Fahrt ins Präsidium, „na, wandeln Sie noch immer auf den Spuren unseres sozialistischen Sangesbarden aus Amerika?“ mit angelegentlichem Schweigen beantwortet.

„Ja natürlich, aber ich verstehe nicht ...“

„Nu, weil Sie heute offensichtlich schon wieder mit dieser Person zusammen waren, oder?“

„Der hat mich rein zufällig in der Nähe vom Alex aus einer ziemlich bedrohlichen Situation befreit. Wäre fast mit einer Bande Hütchenspieler aneinandergeraten."

„Ich will ja gar nicht fragen, was Sie da zu suchen hatten, aber … was hat der Engel da gemacht?"

„So wie er sagte, zwecks Aufklärung."

„Ach ja?" sagt der Ost-Kommissar und fügt mit einem warnenden Unterton in der Stimme noch hinzu: „Ich kann Ihnen versichern, daß diese Art von Aufklärung auch unter den neuen Verhältnissen nicht in den Aufgabenbereich der MUK fällt, Herr Benedict!"

8

„Na ja, wie war das 1973 … aus Anlaß der Weltfestspiele wurde eine Zentrale Fahrbereitschaft gebildet. 120 Fahrer. Ich war damals beim Handelsministerium funktionsgebundener Kraftfahrer und wurde da eben abgestellt."

Ullrich Theuerkorn fällt das Reden sichtlich schwer. Sicher nicht, weil es um seine Zeit mit Dean Sanger geht, sondern wohl hauptsächlich deshalb, weil Eloquenz nicht zu den Qualifizierungsvorgaben seines bisherigen Berufswegs gehörte. Aber auch Benedict rutscht unbehaglich in dem tiefen Sitzmöbel der Marianne Theuerkorn hin und her. Schon bereut er, daß er sich nachmittags von ihr zu diesem Besuch hat breitschlagen lassen.

„Mein Mann", hatte sie mit fast verschwörerischer Miene gesagt, „hat Dean Sanger während der Weltfestspiele als persönlicher Fahrer zur Verfügung gestanden! Der kann Ihnen bestimmt noch interessante Sachen erzählen!"

Obwohl er sich nichts von irgendwelchen persönlichen Anekdötchen des Kraftfahrers versprach, hatte er ihrem drängenden Blick nicht widerstehen können und sich im abendlichen Halbdunkel zu dieser Altbauwohnung an der Greifswalder Straße durchgefragt.

„Und …?" ermuntert er schließlich den kleinen Mann mit dem schütteren Blondhaar und nimmt einen höflichen Schluck aus dem Glas mit dem zu süßen Rotwein.

„War ja 'ne ganz große Sache damals. Vorher große Belehrung in der Fahrbereitschaft des Ministerrates, in der Klosterstraße. Hauptsächlich von der VP-Verkehr und dann … die wohnten ja alle im Hotel Stadt Berlin, und da gab's dann jeden Tag um 8 Uhr nochmal Belehrung. Da waren dann auch die Leute vom MfS und welche vom ZK dabei. Wie gesagt, war 'ne ganz große Sache für die Republik!"

„Erzähl doch mal von Dean, wie er so war! Laß dir doch nicht jedes Wort aus der Nase ziehen, Ulli!" drängelt die Theuerkorn ungeduldig.

„Wir waren also immer zu viert. Dean Sanger, sein Dolmetsch, der offizielle Betreuer, aber der hat jeden Tag gewechselt, und ich als Fahrer … hatte übrigens damals einen schwarzen Wolga!"

„Also Ullrich, das interessiert doch den Herrn Benedict nicht!"

„Wieso denn nicht, war doch eine richtige Staatslimousine, mit Vorhängen und so!"

Bevor er in eine Tucholskysche Posse geraten kann, greift Benedict doch wieder in das Gespräch ein. „Der Dolmetscher, war der denn auch von der Regierung gestellt?"

„Natürlich, was denken denn Sie! Aber der war auch ein persönlicher Freund von Dean Sanger. Hieß Victor … Victor Grollmann oder so ähnlich.

Die kannten sich wohl schon ziemlich lange, also jedenfalls ..."

„Victor? Sind Sie da ganz sicher, Herr Theuerkorn?"

„Ja, ja. Victor. Das weiß ich ganz bestimmt!"

Victor. Das könnte sogar passen.

„Und das war einer aus der DDR?"

„Mit Sicherheit! Aber kein Deutscher. Ein Ami!"

Noch so einer. Ob der noch ... Schien eine merkwürdige Freundschaft gewesen zu sein, wenn Sanger sich hinter dessen Namen „Victor" konspirativ versteckt hatte. Victor.

„Und wie war die Zeit mit Dean Sanger sonst so? Wie lange dauerte das denn?"

„Insgesamt acht Tage. Um 8 Uhr war also immer Belehrung im 1. Stock, anschließend haben wir zusammen mit Dean Sanger gefrühstückt, und dann ging es nach Arbeitsplan. Also ganz wichtig war dem Dean immer die Gitarre, die hat der nie aus den Augen gelassen. Muß wohl ein ganz wertvolles Stück gewesen sein. Dann habe ich ihn immer zu den Veranstaltungen gefahren. Wenn er auftrat. Kessel Buntes oder nach Weißensee dann. Da war ja die Hölle los. Alles voll FDJler. Hätte fast eine Panik gegeben, weil die sogar auf den Lichtmasten saßen, und die sind dann zusammengebrochen."

„Und die ganze Zeit waren Sie immer zusammen, Sie vier?"

„Na, nicht die ganze Zeit. Nicht, wenn er auf seinem Hotelzimmer war. Da hat ihn ja dann auch immer seine erste Frau besucht, das war 'ne ganz schön arrogante Ziege!"

„Seine erste Frau?"

„Also, wohl nicht seine erste, aber die erste, die er in der DDR geheiratet hat. Hatte wohl auch in Amerika eine sitzen. Mit der Tochter aus der Ehe hat er sich ja dann auch nach vier Tagen getroffen. Mit der Ramona."

„Was? Ich denke, Sie waren die ganze Zeit zu viert!"

„Na ja, wir haben uns dann schon ganz gut gekannt. Und er war so nett und freundlich, und da haben wir dann so'n bißchen Räuber und Gendarm gespielt. Jedenfalls konnten wir das so einrichten, daß wir die immer mal 'n Stündchen los waren."

„Und wo hat er sich dann mit seiner Tochter getroffen? Doch nicht im Westen?"

„Nee, nee ... aber ganz dicht dran. In der Fritz-Heckert-Straße, direkt beim Grenzübergang Heine-Straße. Er hat mit ihr da rumgetollt. Richtig ausgelassen war der. Muß sie unheimlich geliebt haben, die Kleine. Durfte ich auch seiner Frau nie was von erzählen, die wäre sicher fuchsteufelswild geworden!"

„Haben Sie dieses ‚Räuber und Gendarm'-Spiel noch öfter getrieben, hat er sich noch mit anderen Leuten getroffen?"

„Noch ein, zwei Mal, aber da weiß ich nicht, was er da gemacht hat. Die Mädels waren ja ganz verrückt nach ihm!"

„Hab ich auch schon gehört. War zu beneiden, der Dean Sanger."

„Na, wie man's nimmt. Dann hat er sich wohl noch mit seinem Regisseur getroffen, auf der Fischer-Insel, und auch mit Karel Gott. Da war auch immer ganz schön viel Schnaps mit im Spiel. Und nach der Abschlußveranstaltung unterm Fernsehturm hat er mir ein Gasfeuerzeug mit Marmorbeschichtung geschenkt. Auch eine Platte mit persönlicher Widmung und einen 10-Dollarschein. Ich weiß noch, daß er an dem Tag eine Stinkewut auf seine Frau hatte, aber warum, weiß ich nicht. Wahrscheinlich, weil sie sich zu den kleinen Leuten so arrogant aufgeführt hat. Das konnte er überhaupt nicht leiden, der Dean."

„Und das war's dann?"

„Ja, das war's eigentlich. Wurde dann ziemlich hektisch. Hab ihn zum Flughafen Schönefeld gefahren. Da hat er sich noch mal so herzlich bei mir bedankt. Das kannten wir sonst gar nicht. ‚Wir bleiben für immer Freunde', und dann war er weg."

Als Benedict mit schweren Beinen zum S-Bahnhof Greifswalder Straße geht, findet er doch, daß der Abend sich gelohnt hat.

Morgens ertappt er sich plötzlich dabei, daß er die Suche nach Opfern der Tätigkeit des MfS-Majors in der Zentral-Kartei ganz bewußt verzögert. Während er bisher die jeweiligen Namen immer zügig und sofort in seinen Block übertragen hatte, liest er die entsprechenden Vorgänge jetzt mehrmals durch und sinnt immer länger über die Lebenswege der Betroffenen nach.
Was ist los? An dem schweren Kopf, den ihm das sirupartige Gesöff der Theuerkorn verursacht hatte, kann es nicht liegen. Er ist schon mit ganz anderen Katern fertiggeworden. Nein, er will ganz eindeutig einen möglichen Erfolg der Düsseldorfer Kollegen so lange wie möglich hinauszögern. Denn sollten die bei einem seiner übermittelten Namen fündig werden, gäbe es keinen Grund mehr für seine längere Anwesenheit in Berlin. Und auch keine Möglichkeit mehr, sich mit dem Ableben dieses Amerikaners zu befassen.

„Telefon für Sie!"

Der Mann vom Bürgerkomitee ruft ihn zu einem Telefonapparat. Stirnrunzelnd greift Benedict zum

Hörer. Die vom Präsidium haben doch noch nie hier angerufen.

„Benedict!"

„Was machen Sie denn da für 'n Mist?"

Die Stimme des „Leitenden" aus dem Düsseldorfer Präsidium klingt überraschend nah, und sie klingt bedrohlich ungemütlich.

„Mist?"

„Ja, Mist! Oder wie würden Sie das sonst nennen? Wir haben Sie da rübergeschickt, damit Sie Licht in die Sache Fuchs bringen, und nicht, damit Sie irgendwelchen Hirngespinsten nachrennen!"

„Hirngespinsten?" versucht sich Benedict von dem überraschenden Einbruch Düsseldorfer Hierarchie-Realität in seinen Ost-Berliner Alltag zu erholen.

„Ja, Hirngespinste! Was geht Sie der Tod eines Amerikaners von annodazumal in der DDR an? Mensch, Benedict, wir haben sowieso genug Schwierigkeiten Sie da zu halten, und Sie fabrizieren auch noch einen Mist, der bis ins Düsseldorfer Innenministerium stinkt. Es steht zur Debatte, Sie sofort abzulösen und durch jemand anderen zu ersetzen!"

„Der müßte sich auch erst wieder einarbeiten. Ob das sinnvoll ist …?"

„Mensch, begreifen Sie doch, daß es hier nicht um sinnvoll oder nicht geht. Wie lange brauchen Sie denn da noch? Kommen Sie denn trotzdem in der Fuchs-Sache voran?"

„Vielleicht noch 'ne Woche, Chef. Vielleicht auch eher, wäre wirklich nicht sinnvoll jetzt …"

„Also, klare Order de Mufti: Sie kümmern sich nur noch um die Angelegenheit Fuchs, und wir versuchen, Sie noch eine Woche aus der Schußlinie zu nehmen, verstanden. Eine Woche!"

Fast entgleitet der Hörer Benedicts zitternden Fingern, als er ihn auf die Gabel zurücklegen will. So hatte er den „Leitenden“ lange nicht erlebt. Was war das jetzt wieder gewesen? Wie konnten die in Düsseldorf von seinen Sanger-Nachforschungen wissen? Zu Ganser hat er kein Wort gesagt. Das Innenministerium, so, so. Wen hat er denn da nervös gemacht? Warum will da jemand offenbar seine Sanger-Ermittlungen verhindern? Nachdenklich kritzelt er kleine Männchen auf die leere Seite seines Schreibblockes. Wenn nicht von Ganser, was existieren denn da für merkwürdige Informationsströme? Sein Freund vom LKA West-Berlin vielleicht, der Beyer? Oder ...

„Wir haben hier doch keine öffentliche Telefonzelle, Meister!“

Schon das zweite Mal ruft ihn der Bürgerkomiteeler an diesem Vormittag zum Telefon, und mit Unbehagen hört Benedict in die Muschel. Aber diesmal ist es nicht die barsche Stimme des „Leitenden“.

„Hallo?“

„Hallo! Na, das ist ja eine Überraschung!“

Das ist weiß Gott keine Untertreibung, denn er hat nicht mehr damit gerechnet, wieder von Annkatrin zu hören. Nach dieser Begegnung.

„Ich finde, wir sollten so nicht auseinandergehen. Ich war wohl auch etwas ... immerhin ist ja viel passiert inzwischen. Ich würde Dich gern nochmal sehen, Benny!“

„Jaaa ... selbstverständlich ...“, versucht der Hauptkommissar seine Fassung wiederzugewinnen.

„Wir könnten uns vielleicht zum Mittagessen treffen, im ‚Rosengarten‘, am Thälmann-Park, wenn du magst. Bitte!“

„Ja gut. Dann um zwölf im ‚Rosengarten‘.“

Nachdem er sich mit Annkatrin verabredet hat,

will er sich wieder der Arbeitsroutine zuwenden. Aber es fällt ihm zusehends schwerer, denn immer wieder drängt sich die bohrende Frage in den Vordergrund, woher Annkatrin diese Nummer haben mochte. Eine Telefonnummer, die nur wenigen bekannt war, eine Telefonnummer im MfS.

„Jetzt gibt's nüschts mehr! Wir haben Ablösung!"

Zum Bier hat es gerade noch gereicht. Nach der mürrisch erteilten Abfuhr klumpt sich das Bedienungskollektiv der HOG Rosengarten an der Theke und übt sich im Nichtstun. Jedenfalls wird es für die nächste Stunde nichts mehr geben. Kein Seelachsfilet in Bierteig gebacken für M 16.75. Während das den anderen Gästen auf der Terrasse wenig auszumachen scheint, wirft Benedict immer wieder wütende Blicke abwechselnd in Richtung Theke und auf die nutzlos gewordene Speisekarte, in der geschrieben steht: *Wir begrüßen Sie in unserer gastronomischen Einrichtung. Bitte wählen Sie Ihre gewünschte Speisenfolge selbst. Als Service unseres Küchenkollektivs bieten wir Ihnen die Möglichkeit, die Gemüse- und Sättigungsbeilagen nach Ihren Wünschen zusammenzustellen. Mahlzeit!*

Alles nur äußerlich. Die bunten Schirme der kapitalistischen Brausefirma und die verlockend eingedeckten Tische. Blümchen und ein blankblauer Himmel. Muffelig dreht Benedict das schon schal werdende Glas mit Pilsator zwischen seinen Händen.

„Ist doch nicht so schlimm", versucht Annkatrin ihn zu beruhigen, „da haben wir doch schon ganz andere Sachen erlebt!"

„Ja, ja ...", er möchte auf gemeinsame Erinnerungen nicht unbedingt näher eingehen, „aber ich frage mich, wie die Leute das überleben wollen. Ob denen wohl klar ist, was passiert, wenn die heiß ersehnte D-Mark erstmal hier ist? Dann wollen die Leute für das richtige Geld auch richtige Leistung haben, und da werden die sich hier ganz schön umstellen müssen!“

„Ach, weißt du, sich auf das jeweils Erforderliche einstellen, da bin ich unbesorgt, das können die Leute hier. Aber müssen wir das jetzt besprechen?“

Da hat sie natürlich recht. Im Grunde genommen versucht er mit seiner künstlichen Aufregung ja nur die Frage plattzureden, die er ihr stellen will. Also …

„Erinnerst du dich eigentlich noch an 1980? Das war kurz bevor du nach Düsseldorf gegangen bist und dich dann … erstmal abgemeldet hast. Für längere Zeit.“

„1980. Mein Gott, das ist zehn Jahre her. Was soll da gewesen sein ?“ fühlt Benedict sich schon wieder von ihr in die Enge getrieben.

„Na, ich erinnere mich noch genau. Du warst wieder mal zu einem deiner überfallartigen Blitzbesuche bei mir aufgetaucht. Ich habe mich ja immer darüber gefreut, aber gerade an diesem Tag … es war etwas dumm damals, weil ich ausgerechnet an diesem Tag jemanden in unserer Einrichtung zu Gast hatte, über dessen Auftritt ich sehr glücklich war. Und du warst ziemlich sauer, weil … na, du bist dann ziemlich abrupt wieder Richtung West-Berlin gedüst.“

„Ja, und?“

„Du hast unseren Gast damals auch persönlich kennengelernt, und er schien ziemlich froh zu sein, daß er mit jemandem in seiner Muttersprache reden konnte … der Mann hieß Dean Sanger!“

Zu vieles wirbelt Benedict durch den Kopf, als daß er in der Lage wäre, dazu etwas zu sagen. Ihre Wege hatten sich also irgendwann einmal gekreuzt. Und richtig, jetzt, wo er den ernsthaften Versuch unternimmt, die Situation im Sommer 1980 zu rekapitulieren, da kommt auch diese schemenhafte Erinnerung an ein kurzes Gespräch in diesem Jugendclub am Prenzlauer Berg. Sehr vage, sehr schemenhaft. Im Grunde genommen nicht viel mehr als die freudige Überraschung eines Menschen, der sich plötzlich frei und locker in der Sprache seiner Heimat verständigen kann.

„Warum ... erzählst du mir das? Gerade jetzt?" wehrt er sich dagegen, dem lange zurückliegenden Treffen mit Dean Sanger irgendeine Bedeutung beizumessen.

„Berlin ist ein Dorf. Wenigstens Ost-Berlin. Man spricht so dieses und jenes. Und im Moment ist die Rede davon, daß ein Polizist aus dem Westen Erkundigungen über Dean Sangers Tod einholt. Das hat damals viele Leute hier sehr betroffen, muß du wissen. Das Interesse an ihm ist bei vielen noch groß. Er war ein wunderbarer Mensch, ein guter Freund! Ich nehme an, daß du dieser Polizist bist. Ist es das, weshalb du hier in der Hauptstadt bist?"

Benedict nimmt noch einen Schluck warme Bierbrühe und überlegt sich sorgfältig die Antwort, die er Annkatrin geben wird. Geben kann.

„Und wenn das so wäre?"

„Na ja, wenn du mir sagst, was du eigentlich genau wissen willst, könnte ich dir vielleicht weiterhelfen?"

Seine Finger umkrampfen knöchelweiß das fast geleerte Bierglas. Er starrt, ihrem so verdammt direkten Blick ausweichend, vorbei an seiner früheren Liebe auf das Grün zwischen den Hochhäusern, wo sich ein Rudel von Hasen tummelt.

„Eigentlich möchte ich dazu nicht viel sagen.

Weißt du, das hat an sich einen ganz anderen Hintergrund ..."

Annkatrins Gesicht spiegelt für einen kurzen Moment Anzeichen von Enttäuschung wider. Hat sie mehr erwartet? Warum?

„Viel hätte ich dir sowieso nicht sagen können ...", fängt sie sich aber schnell wieder, „das war ja damals alles ziemlich von Gerüchten umwoben. Aber im Zentralarchiv der SED gibt es vielleicht noch Dinge, die dir bei deiner Suche weiterhelfen könnten. Die sitzen in der Wilhelm-Pieck-Straße. Ich habe da eine Freundin, ihre Telefonnummer ist ..."

„Please, Mr. Benedict!"

Sollte er im ersten Moment den Impuls verspürt haben, der Einladung der beiden Männer nicht Folge zu leisten, so unterdrückt er ihn angesichts des Tonfalls sofort. Keine Drohung, nein, aber die Bestimmtheit von Leuten, die genau wissen, wie man eventuellen Unbotmäßigkeiten mit geeigneten Mitteln begegnet.

Er hatte sich gerade von Annkatrin verabschiedet und strich, nach einem Taxi suchend, am Straßenrand entlang, als der Amischlitten mit den getönten Scheiben wie aus dem Nichts neben ihm aufgetaucht war. Die Situation scheint nicht wirklich bedrohlich zu sein. Der Typ neben ihm im Fonds kaut grinsend auf seinem Kaugummi, und die Klimaanlage ist sogar ganz angenehm, während der Wagen in ruhiger Fahrt Richtung Stadtmitte fährt. Auch der Eisklumpen im Rücken, der ihm sonst mit schöner Regelmäßigkeit Gefahrensituationen vermeldet, läßt nichts von sich spüren. Dennoch findet er langsam, daß der Tag mit Überraschungen knausriger umgehen könnte.

Als der Wagen nach kurzer Fahrt vor einem dreistöckigen, mit wilhelminischem Stuck überladenen Protzbau aus der Gründerzeit zum Stehen kommt, weiß er, wohin ihn die freundliche Einladung der Kaugummimänner gebracht hat. Neustädtische Kirchstraße 4-5. Botschaft der Vereinigten Staaten von Amerika in Berlin, Hauptstadt der DDR. Das hätte er auch ohne das „starspangled banner" an der Außenfront des dreistöckigen Gebäudes gewußt.

„Ich bin Mike Carrigan, Vizekonsul der Vereinigten Staaten. Ich danke Ihnen, daß Sie meiner Einladung so schnell gefolgt sind!"

Der scheint das wirklich ernst zu meinen.

„Die Chance, Ihre Einladung auszuschlagen, war mir leider nicht gegeben, Herr Konsul!"

„Vizekonsul. Tasse Kaffee? Sie können übrigens Mike zu mir sagen."

Den Kaffee nimmt Benedict dankend an, aber ob er den diplomatischen Vertreter der USA in der DDR beim Vornamen nennen wird, behält er sich noch vor. Der Vizekonsul bedient Benedict aus einer schwarzen Thermoskanne und stellt auch ein paar Kekse dazu. Ein Ostküsten-Ami mit blondem Scheitelhaar. Sauber und adrett in einem dieser dunkelblauen Anzüge, die immer ein wenig wie Uniformen aussehen. Nichtraucher. Duscht sicher zweimal. Vor dem Vögeln und danach. Und Mundspülung nicht zu vergessen. Benedict freut sich, daß er endlich mal im Vorteil ist, denn er kennt den Vizekonsul. Nein, nicht persönlich, aber aus Raschkes Akten. Und der hatte Mike Carrigan als CIA-Mitarbeiter identifiziert. War ziemlich einfach gewesen, denn die versammelten sich alljährlich im September zu einem großen Gartenfest in Berlin-Dahlem bei ihren Bossen. Und Mike Carrigan war immer dabei. So jedenfalls hatte es das MfS ausgespäht. Und genau dieser

Mike Carrigan, Vizekonsul der Botschaft USA in der DDR, hatte diverse Einladungen an den US-Bürger Dean Sanger zu Empfängen und Parties ausgesprochen und versucht, den Kontakt zu ihm aufrechtzuerhalten!

„Welcher meiner hervorragenden Eigenschaften verdanke ich nun diese Einladung?“

„Ach, warum so bissig, Herr Benedict? Betrachten Sie es als Einladung unter Freunden, denn Sie sind ja schließlich ein westdeutscher Polizist, nicht wahr? Außerdem waren Sie schon so oft bei uns in den Staaten. Haben doch sogar da studiert. Warum sollen wir uns da nicht mal in aller Ruhe unterhalten!“

Fixe Jungs. Hatten sie aber schnell ihre Unterlagen durchgecheckt. Das wird ziemlich psychologisch. Da heißt es, auf der Hut zu sein.

„Worüber denn? Unterhalten?“

„O.k., o.k.!“ Der Mann mit den rosig schimmernden Wangen wird plötzlich ernst. „Wenn ein westdeutscher Polizist, der in einer ganz bestimmten Sache nach Ost-Berlin geschickt wurde, sich plötzlich auffällig mit einer ganz anderen Sache beschäftigt, und es sich bei dieser Sache um den Tod eines früheren US-Bürgers handelt, dann könnten sich gewisse amerikanische Dienststellen natürlich dafür interessieren. Ganz sicher interessieren sie sich aber dann dafür, wenn es sich bei diesem Bürger um einen gewissen Dean Sanger handelt, der in den Osten überwechselte und hier auf etwas ungeklärte Art und Weise zu Tode gekommen ist. You check that, Mr. Benedict!“

O ja, das begreift der Mr. Benedict. Immerhin ist ihm das heute ja schon mal ziemlich deutlich mitgeteilt worden. Und taub ist der Mr. Benedict aus Düsseldorf ja nicht.

„Kann ich Sie irgendwo hinfahren lassen?“ wahrt der Herr Vizekonsul die Regeln der Höflichkeit bis zur letzten Minute.

„O nein, bitte nicht!“ beeilt sich Benedict schnell abzulehnen, „ich nehme die S-Bahn!“ Kurz vor Verlassen des Büros dreht er sich nochmal um und hat für einen winzigen Augenblick das Gefühl, als hätte ihm der Steinadler im Wappen an der Wand über Carrigans Schreibtisch mit einem Auge zugezwinkert. Aber es war wohl ein Reflex der einfallenden Sonne.

Die Namensdurchgabe nach Düsseldorf hatte er dann ausfallen lassen. Waren eh nur zwei gewesen. Dafür würde er morgen richtig ranklotzen. Noch in der S-Bahn raus nach Marzahn klingen ihm Mike Carrigans Worte in den Ohren nach: „Herr Benedict, verstehen Sie mich bitte ganz richtig! Wir können einem westdeutschen Kriminalpolizisten natürlich keine Weisungen erteilen. Dazu sind wir nicht befugt. Andererseits, wenn Sie weiter da rumstochern, kann ich Ihnen nicht versprechen, daß andere Leute das nicht vielleicht aus einem anderen Blickwinkel sehen und dann …“

Der Vizekonsul hatte den Rest des Satzes unausgesprochen gelassen, aber die Drohung, die eben gerade darin lag, war unüberhörbar gewesen.

Ächzend läßt er sich auf sein Bett im VP-Heim fallen und starrt mit offenen Augen an die Zimmerdecke. Ein übler Tag. Erst diese Order des „Leitenden“, sofort die Sanger-Nachforschungen einzustellen, auf wessen Weisung auch immer. Dann Annkatrin, die genau zu wissen schien, wo er sich aufhielt und was er hier machte, und schließlich noch die unverblümte Drohung eines amerikanischen Konsuls, der auch genau wußte, wo er sich aufhielt und was er machte. Jeder in dieser verdammten Hauptstadt schien zu wissen, wo er war und was er machte. Zum Kotzen! Daß er sich aber auch mit niemandem bereden konnte ... vielleicht sollte er doch mal versuchen mit Meißner ...

„Herr Benedict! Herr Benedict! Kommen Sie schnell!“ reißt ihn dann die Stimme des Objektleiters aus seinen Gedanken. „Da ist jemand am Telefon bei mir. Ich glaube, aus dem Ausland!“

In Socken hastet er dem Mann hinterher zum Telefon in der Eingangshalle.

„Ja, Benedict!“

Die Stimme klingt so weit entfernt und leise, daß der Hauptkommissar den Hörer hart ans Ohr pressen muß, um sie überhaupt zu verstehen.

„Ich rufe aus den Staaten an. Mein Name ist Dixie, wahrscheinlich kennen Sie mich nicht ...“

Irgendein Akzent aus dem amerikanischen Mittelwesten, den er nur mit Mühe versteht. Dazu der echoartige Verzögerungsnachhall eines Überseegespräches.

„Woher rufen Sie an? Was wollen Sie von mir?“

„Ich kann nicht lange sprechen. Sie versuchen mich aufzuspüren, aber ...“

„Wer versucht Sie aufzuspüren?“

„CIA, FBI, Stasi, KGB ... who cares! Listen, Mr. Benedict: ich habe Dean Sangers Rückkehr in die Staaten gemanagt. Er wollte ganz bestimmt zurück, und sie haben ihn vorher umgebracht! Glauben Sie nicht, was man Ihnen sagen wird. Es war Mord, und ich kann Ihnen auch sagen, wer ... die Leute ... oh shit ...“

„Ja, Dixie. Ich bin noch am Apparat. Wer? Sprechen Sie!!!“

Aber in dem Hörer ist nur noch ein von Knacklauten unterbrochenes Rauschen zu vernehmen. Er legt auf.

„Alles in Ordnung?“ fragt der Objektleiter mit einem besorgten Blick auf Benedicts schweißnasse Stirn.

„Ja“, antwortet der. „Alles in Ordnung! Wirklich!“

9

„Vorsicht an der Bahnsteigkante! Zurückbleiben!“

Der Mann auf dem Platz gegenüber hat seine Zeitung auseinandergefaltet. Die letzten Schlagzeilen wackeln vor Benedicts übernächtigten Augen herum. *Volkskammer billigt Staatsvertrag,* und fast noch größer: Überraschender sowjetischer Vorstoß: *Im Laufe von fünf Jahren Abzug der Alliierten?* Was das noch werden wird?

Er hat nicht lange darüber nachgedacht. Natürlich würde er weitermachen. Wenn ihm auch jeder, angesichts der erfolgten Warnungen und Weisungen, einen anderen Rat gegeben hatte. Halte dich strikt an deinen Auftrag, Benedict. Laß die Finger von der Sanger-Geschichte und kümmer dich nur um „deine eigene Wasserleiche in Düsseldorf“! Nicht daß er leichtfertig wäre und die möglichen Konsequenzen nicht einschätzen könnte. Aber noch hält der „Leitende“ schließlich die Hand über ihn, und das Innenministerium in NRW, die Haroldstraße, ist weit. Aber wenn man jemandem wie Benedict ständig auf die Finger zu klopfen versucht, erreicht man bei ihm eben genau das Gegenteil. Es ist diese verfluchte Neugier! Die gleiche Neugier, die ihn zur Kripo getrieben hat. Er will jetzt wissen, was dahintersteckt und was an der Sache nicht koscher ist.

Aber Hauptkommissar Vitus H. Benedict ist kein Hasardeur. Nach den Ereignissen des vergangenen Tages wird er sich anders organisieren müssen. Sein

Gefühl – am Ende der ersten Arbeitswoche in Berlin hatte es sich bemerkbar gemacht -, beobachtet und verfolgt zu werden, hatte ihn nicht getrogen. Wie sonst konnten so viele Leute wissen, wo und zu welchem Zweck er sich jeweils aufhielt? Er muß sich absichern, und das wird er heute nachmittag von West-Berlin aus in Angriff nehmen. An und für sich hatte er ja auch zu engeren Freunden und Kollegen des toten Sängers Kontakt aufnehmen wollen. Sicher hätte er da Hintergründe aus Sangers Leben in Erfahrung bringen können. Dazu war aber jetzt das Risiko zu groß. Für ihn wie für sie, da er nicht abschätzen konnte, wie hoch die Bereitschaft seiner Beschatter ging, bis zum Äußersten zu gehen. Andererseits, die Verabredung mit diesem Produktionsleiter von der DEFA, die er für heute nachmittag getroffen hatte, wollte er doch nicht sausen lassen.

Ingeborg Meißner hatte dem Hauptkommissar draußen in Rauchfangswerder gesagt, daß der Mann an Sangers letztem Filmprojekt mit ihm zusammengearbeitet hatte. Und sie selbst arrangierte schließlich das Treffen. Er würde sich also auf seine eigenen Fähigkeiten zur Abschüttelung möglicher Verfolger stützen müssen.

Auch der späte Telefonanruf dieser Dixie aus Amerika hatte eine völlig neue Situation geschaffen. Wie konnte sie überhaupt Kenntnis von seiner Tätigkeit in Berlin bekommen? Woher kannte auch sie seinen Aufenthaltsort und seine Telefonnummer? Und wieso wurde sie verfolgt, und in welcher Verbindung hatte sie zu Dean Sanger gestanden? Schwer einzuschätzen das Ganze, wenn er nicht genauere Informationen über sie bekam. Aber wie?

Bis 14 Uhr arbeitet er ohne Unterbrechung an den Raschke-Vorgängen, und als die Zentral-Kartei schließt, hat er genug Ausbeute, die er Ganser nachher übermitteln kann: 23 Namen. Als er nach diversen Umwegen dann pünktlich zum Treffen mit dem DEFA-Mann erscheint, ist sein Mann nicht da. Das Pressecafé am Bahnhof Friedrichstraße ist fast leer, und nach zwanzig Minuten Wartezeit weiß Benedict, daß sein Treff geplatzt ist. Auch keine Nachricht für ihn. Vertane Zeit.

In der Wilhelm-Pieck-Straße hat er erst mal Glück. Die Leiterin des SED-Archivs will zwar gerade ihren Posten räumen, aber der Hinweis auf Annkatrin macht sie kooperationswillig. Was sie ihm aber dann zu Sanger auf den Tisch legt, ist dürftig. Da hatte er in den MfS-Akten mehr gefunden.

„Das ist alles. Wir sind ja auch ziemlich in Auflösung begriffen, und dann sind auch viele Dinge nach Potsdam verlagert worden. Mehr ist wirklich nicht da!"

Die Stellungnahme der *Abteilung 80 – Internationale Verbindungen beim ZK der SED* zu Sangers Filmprojekt „Tell Zaatar" ist zumindest ein fehlendes Bindeglied zu Raschkes Aktivitäten. Benedict ist verblüfft über die realistische, ja hellsichtige Analyse zu den Ereignissen im Nahen Osten, die sich in seinen Augen so wohltuend von den einseitigen Gefühlsduseleien des Amerikaners zum gleichen Thema abhebt. Die Genossen haben genau gewußt, was da vorging. Entgegen der offiziellen Propaganda trugen ihrer Ansicht nach eben nicht die Israelis die Schuld an der Vernichtung des palästinensischen Flüchtlingslagers, sondern die Syrer. Klipp und klar steht es da. Genauso stellten sie aber auch klar, daß seitens der SED aus wirtschaftlichen wie aus globalpolitischen Überlegungen keinerlei Interesse an einer solchen Darstellung des Sachverhaltes bestand. Auch die PLO bekommt ihr Fett weg. Sie wäre sehr wohl in der Lage gewesen, das Lager Tell Zaatar zu entsetzen, wenn es nicht an der erforderlichen militärischen Einheit gefehlt hätte. Letztendlich weist die Abteilung 80 „rechts-faschistischen Tendenzen" bei PLO und Syrern die Hauptschuld an der Vernichtung des Lagers zu. Und dann fällt für Dean Sangers Drehbuch endgültig der Hammer: Der Genosse Generaldirektor der DEFA habe Sanger von der Ablehnung des Projektes zu informieren, ihm aber die wahren Ablehnungsgründe zu verschweigen!

Daß Dean Sanger auch in den Staaten mal im Knast gesessen hatte, war Benedict bis jetzt unbekannt gewesen. Aber da liegt ein Brief von ihm aus dem *Wright County Jail* in Buffalo, Minnesota vom 7. Nov. 1978 an *Meinen lieben Freund + Genossen – Kurt Hager!* Peinlich berührt, dreht er das handschriftliche Dokument zwischen seinen Fingern. Eine Mischung aus Selbstüberschätzung, Anbiederung und politischer Naivität, so will ihm scheinen. Den Kampf von Farmern gegen die Interessen der Energie-Multis wollte er unterstützen, und dabei ist er von den Sheriffs eingebuchtet worden. Jetzt befindet er sich im Hungerstreik. *Wir halten uns für politische Gefangene + wir werden unseren Hungerstreik solange fortsetzen bis wir unsere Freiheit erreicht haben um die Aufmerksamkeit der ganzen Welt auf das Elend der Tausende politischer Gefangener hier in den U.S.A. zu lenken. Jeden Tag bekommen wir Hunderte von Protesttelegrammen aus den U.S. + anderen Ländern. Jeden Tag werden wir physisch schwächer, aber unser moralischer, geistiger + ideologischer Widerstand wird mit jedem Tag stärker. Ich danke Dir für Deine Freundschaft + Solidarität. Bitte umarme Gen. Honecker für mich. Venceremos! Dean Sanger.* Da müssen die ganz schön zu tun gehabt haben, mit der Post. Hatten sicher nicht gewußt, was für einen Vogel sie sich da ins vergitterte Nest gesetzt hatten.

Es liegt auch noch eine Ansichtskarte dabei. Auch für den Genossen Kurt vom Politbüro. Motiv einsamer Cowboy mit Pferd und Herbststimmung. Da wird sich Kurti aber gefreut haben! *Lieber Kurt – Ich dachte mir, daß Du mein angefügtes Schreiben vielleicht im ND veröffentlichen würdest.* Aha, PR in eigener Sache. *Ich hoffe, daß Du nach meiner Rückkehr in die D.D.R. die Zeit haben wirst, meinen Film ‚El Cantor' anzusehen. Mein Film hatte sehr gute Kritiken hier in den Staaten. Paß auf Dich auf – eine Umarmung. Dean Sanger.*

O je, o je. Die Genossen, die diese klaren Analysen fabriziert hatten, die mußten sich doch bei den verquast, schwiemeligen Ergüssen des naiven Amerikaners vor Lachen ausgeschüttet haben. Sie immerhin wußten es besser. Als Benedict das Zentralarchiv der SED nach kurzer Zeit wieder verläßt, hat er fast so etwas wie Mitleid mit dem Jungen aus Colorado. Armer Dean.

„Dr. Huber? Sind Sie's selbst?"

„Na klar doch! Mein Kater hätte ja miau gemacht!"

„Benedict spricht. Sie erinnern sich? Fuerteventura, die CKA-Bank!"

„Na, ick hab doch keen Alzheimer. Wat macht Ihre Birne?"

Alles Masche. Dr. Siegfried Huber spricht normalerweise lupenreines Hochdeutsch und auch sonst ist der Beamte des Referates I 5 bei der Außenstelle Frankfurt des BUNDESAUFSICHTSAMTES FÜR DAS KREDITWESEN BERLIN mit allen Wassern gewaschen. Damals, auf Fuerte, hatte Huber ihn mit

List, Tücke und Brachialgewalt aus mancher bedrohlichen Situation rausgeholt, und Huber ist genau der Mann, den er in Ost-Berlin an seiner Seite haben möchte.

„Sie haben mir doch mal gesagt, daß ich Sie anrufen könne, wann immer Not am Mann ist. Sie würden dabei sein."

„Und wo ist die Not am größten, mein Verehrtester?"

„In Berlin Hauptstadt der DDR!"

„Ausgerechnet Berlin. Sind Sie jetzt bei den Vopos gelandet?"

„Sie kriegen auch Ihre Auslagen von mir ersetzt, falls ..."

„Keine Rede. Wird das Amt nicht ärmer machen. Worum geht's?"

Diesmal hatte der Hauptkommissar nicht die obligatorische Telefonzelle hinter der Sektorengrenze angesteuert, sondern war mit unterschiedlichen Verkehrsmitteln zum Bahnhof Zoo gefahren. Von dort aus hatte er sich, das feierabendliche Menschengewühl der City als Deckung benutzend, zu einem Postamt an der Marburger Straße geschlagen. Hier nun, in einer angemieteten Sprechkabine, würde er seine länger dauernden Gespräche in aller Ruhe und, wie er hoffte, ohne lästige Mithörer, durchführen können.

Erwartungsgemäß ist auf Huber Verlaß. Nachdem sie Treffpunkte, allgemeine Maßregeln und Vorgehensweisen sowie Kommunikationswege abgesprochen haben, legt Benedict erleichtert den Hörer auf und wählt dann Gansers Nummer im Präsidium Düsseldorf.

„Naaa?"

Ja, ja. Auch am Jürgensplatz haben die Wände Ohren, und die Mär von Benedicts Ost-Berliner Eskapaden scheint auch zu Ganser gedrungen zu sein. Unbeeindruckt davon verliest der Mann im Postamt mit monotoner Stimme die Raschke-Namen. Gerade will er mit einem nichtssagenden „und tschüß" den Hörer wieder auflegen, als Ganser noch eine Nachricht für ihn hat.

„Da wollte dich jemand vom WDR sprechen. Sollst ihn bei Gelegenheit zurückrufen. Hat 'ne Nummer in Köln hinterlassen!"

„Hallo, hallo! Sie haben die heißeste Musiknummer des WDR gewählt! Shoobidoo, what can I do? Jimmy Record waits for you!"

Verdutzt hält Benedict den Hörer weiter vom Ohr weg, um dem rheinländisch eingefärbten Englisch des rappigen WDR-Plattenauflegers zu entkommen.

„Ja ... also, sehr hübsch. Benedict. Sie hatten bei mir angerufen?"

„Ach, Sie sind's. Klar doch, hatte ich. Sie wollten doch vorige Woche mal was über einen Dean Sanger wissen, erinnern Sie sich?"

„Ja?"

„Also, ich bin dann doch mal ins Archiv gegangen und hab was für Sie gefunden. Ich mein, man weiß ja nie, ob man Sie mal brauchen kann, nich! Da haben Sie ja einen ganz lustigen Vogel ausgegraben. War ja ganz berühmt der Knilch. Allerdings nicht bei uns. Aber im Osten."

„Damit sagen Sie mir aber nichts Neues. Das weiß ich selbst!"

„Cool, man, immer cool! Wir hatten da zwei Video-Kopien mit ihm rumliegen. Das eine ist so 'n Western B-Moovie, sogar mit Yul Brunner zusammen, und das andere ist mal von CBS in Amerika gesendet worden. Hab kurz reingesehen. So 'ne Art personality-feature mit ihm. Heißt ‚60 Minutes'. Ist das was für Sie?"

Das mit Yul Brunner hatte er schon von Ramona Sanger in Los Angeles gehört, aber „60 Minutes" … Donnerwetter! Die Sendung mit Mike Wallace hatte in den Staaten immer die besten *ratings* und wer da reinkam … das war schon was!

„Hört sich nicht schlecht an. Können Sie mir das zuschicken … nein, besser noch, schicken Sie's nach Frankfurt. Ich gebe Ihnen eine Adresse. Aber mit Kurier, dann ist es morgen noch da!"

„Was tut man nicht alles für *law and order*!"

„War es das dann?"

„Immer langsam, sprach die Antilope, als der Löwe sie fraß! Ich hab mir noch was aus dem Archiv der Los Angeles Times auf meinen Screen geben lassen. Nur stichwortartig, bißchen *back-ground*-Zeugs, ist nicht viel. Hier, von 1988: ‚Er war der Johnny Cash des Kommunismus, und der einzige Amerikaner, der den Lenin-Orden für Kunst erhielt. Folk-Sänger Dean Sanger wurde zum Star, nachdem er zum Kommunismus übergetreten und in den frühen sechziger Jahren nach Ost-Deutschland gezogen war … nun wird Sangers Geschichte, die im Juni 1986 zu einem mysteriösen Ende kam, zu einem Film aufbereitet. Produzent Ed Pressman hat kürzlich die Rechte dafür von einem langjährigen Freund Sangers gekauft, der im Auftrag von Sangers Hinterbliebenen handelt …', blah, blah, blah … das ist noch ganz witzig. ‚Einige Leute sahen in ihm einen Helden, sagte Pressmann, andere einen Verräter. Ich glaube, daß sein Leben beides war, Komödie und Tragödie …' Dann habe ich da noch was Witziges von Dezember 1987. ‚Ein Bundesrichter in Los Angeles wies die Klage einer Frau ab, die behauptet hatte, daß Ostdeutsche Agenten ihren Vater, einen populären Sänger im Ostblock, ermordet hätten, um seine Rückkehr in die Vereinigten Staaten zu verhindern ... Dean Sanger, verbittert über die Politik der Vereinigten Staaten während des Vietnam-Krieges ... zog nach Ost-Deutschland ... wurde sechs Wochen nachdem er seinen Wunsch nach Rückkehr in die USA in der Fernsehsendung ‚60 Minutes' publik machte, tot in einem See bei Ost-Berlin aufgefunden. ... dann ist da nur noch ein etwas längerer Bericht anläßlich seines Todes, aus dem Juni 1986, aber das ist nur das Übliche ..."

„Ist schon gut, lassen Sie mal sein."

„Tut mir leid, der war ja bei uns im Westen ein Flopper. Wenn ich sonst noch was für Sie tun kann ... die zwei Videos gehen dann gleich nach Frankfurt raus ..."

Konnte der flippige Kölner sonst noch was ihn tun? Nachdenklich starrt Benedict durch die Glasscheibe hinaus auf die Menschenschlangen vor den Postschaltern. Vage versucht sich ein Gedanke in seinem Gehirn zu artikulieren. Vielleicht ...

„Herr Benedict? Sind Sie noch dran?"

„Ja, ja ... wenn ich Sie noch um einen weiteren Gefallen bitten dürfte?"

„Und das wäre?"

„Sie haben doch bestimmt irgendwelche Kontakte zur amerikanischen Musikszene ..."

„Klar haben wir da so 'n paar connections. Müssen ja auf dem laufenden sein!"

„Das hat auch was mit Dean Sanger zu tun. Da muß es irgendeine Managerin geben, die in Amerika seine Rückkehr vorbereiten wollte. Von der weiß ich aber nur den Vornamen, Dixie. Würde gerne mehr über die in Erfahrung bringen. Meinen Sie ...?"

„Für einfache Sachen sind Sie nicht zu haben, was? Nur den Vornamen! Was ich machen kann, ist, mal ein paar Kollegen bei Szene-Magazinen anzuzapfen. ‚Rolling Stone', ‚Melodymaker' oder ‚Variety‘, vielleicht. Möglich, daß ich da was rausfinde. Ich ruf Sie wieder an, wenn ich was weiß!“

Nur kurz hatte Benedict mit dem Gedanken gespielt, dem WDR-Mann die Telefonnummer des VP-Präsidiums zu geben, ihn aber gleich wieder verworfen. Ganser würde ihn schon benachrichtigen, wenn der in Düsseldorf anrief. Mittlerweile wußten schon viel zu viele Leute über seinen gegenwärtigen Aufenthaltsort Bescheid.

Da er nun schon mal im Westen ist, befriedigt er ein gewisses Nachholebedürfnis nach Service und Luxus bei einem Abendessen im Kempinski, und erst nachdem er das opulente Vergnügen noch mit einer bauchigen Monte-Christo-Zigarre gekrönt hat, verschwindet er reichlich spät am Abend wieder in Richtung Marzahn.

„Major Meißner hat das hier für Sie abgegeben. Hat lange auf Sie gewartet!“

Hauptkommissar Benedict entzieht sich den vorwurfsvoll-neugierigen Augen des Objektleiters durch schnelle Flucht auf sein Zimmer. Was das nun wieder wird? Ein Dienstumschlag des Präsidiums. Und auch noch hochoffiziell versiegelt. Mensch, Meißner! Dann bricht er das Siegel auf.

10

Die Spiele Deutschland gegen Holland waren die einzigen, für die sich der ansonsten fußballabstinente Benedict wirklich interessierte. Meist arten sie in eine Art von Stellvertreterkrieg auf dem Sportplatz aus. Geführt von den verbissen kämpfenden Mannschaften und den mobstermäßig auftretenden Anhängerscharen beider Seiten. Der Hauptkommissar hatte oft darüber nachgedacht, worin die erbitterte

Rivalität ihre Ursache haben mochte, fünfzig Jahre nach Kriegsende. Denn jene, die da laut „deutsche Faschisten“ brüllten, konnten an diese Zeit keine eigenen Erinnerungen haben, aus denen sie ihren Vorrat an Haß speisen konnten. Vielleicht war ja auch einfach die geographische Nähe Schuld daran. So wie manch langjährige Nachbarn unerbittliche Fehden über den Gartenzaun hinweg austragen. Man kennt sich halt zu gut.

Als jetzt der niederländische Spieler Frank Rijkaard dem deutschen Völler als Höhepunkt einer längeren Auseinandersetzung ins Gesicht spuckt, ist es mit Benedicts distanzierter Gelassenheit vorbei. Sowas kennt er vom American Football nicht.

„Alte Pottsau!“ bricht es mit zorngeschwellter Ader aus ihm heraus. Zum Glück ist er an diesem Sonntag allein mit sich und seinem wütenden Gebrüll im Fernsehraum des VP-Heims. Und wahrscheinlich auch zum Glück für die Gesundheit vieler passionierter Fußballfans geht das Spiel in Mailand dann 2:1 für das Team der BRD aus.

Nein, er war nicht raus nach Rauchfangswerder gefahren, um mit Meißner über den brisanten Inhalt des Umschlags zu sprechen. Obwohl der ihn dazu in dem kurzen Begleitschreiben ausdrücklich eingeladen hatte. Aber er hätte sich erst seinen Wagen aus dem Hof des Präsidiums an der Beimler-Straße holen müssen und dann ... es gab soviel zu bedenken. Er hat sich nochmals mit Dean Sangers offizieller Erfolgsstory beschäftigt, aber viel mehr, als daß ihn auch die Menschen in der Sowjetunion geliebt haben müssen und daß er statt Alkohol lieber *Spreequell Citrus* trank, hat er nicht erfahren. Sicher hat er zu den Guten gehören wollen. Wollten Amerikaner ja immer. Aber seine US-Staatsangehörigkeit hat er wohlweislich nie aufgegeben.

Aber das alles ist mittlerweile ohne Belang. Die Sache scheint jetzt wirklich erledigt zu sein. Es bleibt ein ziemlich ekliger Nachgeschmack. Sicher eine menschliche Tragödie für ihn selbst und für viele, die ihm nahestanden. Aber eben nur das.

Diesmal hatte sich Meißner gegen mögliche Einwände des West-Polizisten von vornherein abgesichert und der Kopie von Dean Sangers Abschiedsbrief gleich ein Gutachten *über umstrittene Schreibleistungen* der Abteilung Kriminaltechnik beim Präsidium der Volkspolizei Berlin beigefügt. Unter dem Datum 19.06.1986 kam ein Sachverständiger für Handschriftenuntersuchung und Hauptmann der K – Benedict erinnert sich, was Meißner ihm dazu gesagt hatte – im Endergebnis zu der *Schlußfolgerung: Die umstrittenen Schreibleistungen (Blatt 1-15) stammen von Dean Sanger, geb. am 22.09.1938!* Die Kopie von Dean Sangers Abschiedsbrief hatte von Seite zu Seite größere Beklemmungen bei Benedict verursacht, und manches Mal hatte er sich zum Weiterlesen zwingen müssen. Sicher, er hatte die politische Naivität des Amerikaners belächelt und seine künstlerischen Qualitäten niedrig eingeschätzt, aber doch hatte sich insgeheim auch etwas wie Bewunderung für die Konsequenz dieses Lebensweges in seinem Innersten entwickelt. Und dann so etwas. Eine derart peinliche Art und Weise, andere für die eigenen Unzulänglichkeiten verantwortlich machen zu wollen, ihnen gar die Verantwortung für seinen Freitod aufzubürden ... was für ein krankes Hirn konnte so etwas ersonnen haben?

Mein Tat hat nichts mit Sozialismus und Genossen zu tun ... Ich wollte zu Dir in Frieden mit Katarina Sonntag kommen, aber als ich Heute abend zurück aus Defa kam ... Katarina fang an mich anzuschrein daß ich nur ein Showman bin und es war nur ein „Show“ von mir. Ich habe sie gebidden mich in ruhe zu lassen,aber sie hat immer weiter angeschrien dass ich war nur ein schlechter Amerikanischer Showman-

Der Brief war mit der Hand auf die leeren Rückseiten eines Schreibmaschinentextes geschrieben worden. Dieser Text hatte sich deutlich durchgedrückt, und Benedict hatte vor dem Spiegel feststellen können, daß es sich um ein Filmscript handelte.

Sie quält mich und Foltert mich seit Wochen weil sie is Krank eifersegtig uber alle Leute die ich Liebe oder die mich lieben aber besonders meine ehemalige Frau und mein Tochter. Ich liebe Katarina Trotz ihre Krankheit, aber ich kann kein Weg finden aus von meine Problem. Ich muß ein schweres wichtiges Film drehen in eine Woche – mit Katarina kann nichts gut gehen wenn sie mich ständig anschreit dass ich nur ein Showman bin und keine Mut habe mich selbst umzubringen. Sie hat mich schon genug verletzt muß ich auch das hören bis mein Tod?

War es nur unbegründete Eifersucht gewesen, fragte sich Benedict an dieser Stelle des Briefes, oder hatte sie gemerkt, daß Dean Sanger sie Richtung USA verlassen wollte. Hatten vielleicht andere das auch bemerkt und sie gedrängt, ihren Einfluß auf ihn dahingehend geltend zu machen, daß er dieses Vorhaben wieder aufgab?

Ich wollte bis der Tod uns scheidet mit Katarina leben -aber Sie hat mich umgebracht – Tag für Tag. – Und Heute mir zu sagen dass ich zu feige bin mich umzubringen is zu weit ... weil sie wird wieder so machen.

Was für ein widerliches Vermächtnis. „Sie hat

mich umgebracht." Dieser Mensch mußte von Sinnen gewesen sein.

Katarina brauchte für ihre Ego nur die beruhmtesten männer – und sie hat es geschafft und sie dann hat uns alle vertig gemacht ... es tut mir leid dass ich nicht mit mein Freund Victor gefallen bin. Aber jeder hat sein eigenes Schicksall ... Gerhard – du warst immer ein Treuer Freund – Hass mich bitter nicht. Ich war am ende Gestern – Und alles wäre besser geworden wenn Katarina hätte schon Heute nicht angefangen mich als Feigling zu nen ... Sie sagte dass Du hast gesagt dass dass war „Show" gestern. Ich bin sicher sie lügt wie immer wenn Sie mich von meine Freunde trennen will ... Lebt wohl – Meine Liebe geht an meine Mutti die ich so liebe und war so ein vorbild für mich. An Ramona meine Tochter ... ich umarme Dich – Dean Sanger 12/6/86

Nachdem der Hauptkommissar Sangers Brief gelesen hat, kam er sich wie ein Voyeur vor. Sicher waren in dem mit fliegender Hand und in schlechtem Deutsch geschriebenen Abschied an M*ein Freund und Gen. Gerhard Felmer* auch noch die fast obligatorischen Ideologiepassagen, aber sie konnten die faulige Essenz aus persönlicher Gekränktheit und Racheschlägen gegen seine Frau nicht mildern. Was mußte passiert sein, um einen Menschen dahin zu bringen!

Dieser Brief schließt nun wirklich den letzten Zweifel an Dean Sangers Freitod aus. Jetzt kann Benedict für sich die Sache beenden. Morgen würde er sich ausschließlich auf die Raschke-Vorgänge konzentrieren. Den Huber würde er zurückschicken müssen. Zu dumm, daß er ihn jetzt nicht mehr erreichen kann. Sitzt mit Sicherheit schon im Flugzeug nach Berlin.

Trotz des gefaßten Entschlusses kann Vitus H. Benedict an diesem Sonntagabend kaum in den Schlaf finden. Zu viel geht ihm durch den Kopf.

Daß Meißner ihn ausgerechnet immer dann mit neuem Sanger-Material gefüttert hat, wenn er sich nicht von seinen Nachforschungen abhalten ließ ... oder dieses plötzliche Interesse Annkatrins an seiner Arbeit hier in Ost-Berlin ... oder Oberleutnant Engel, der ihm einfach zu oft begegnet ... oder ein amerikanischer Konsul, der unbedingt mit ihm Kaffee trinken will ... oder Dixie, die aus dem Nichts auftaucht, um ihm von irgendwo in Amerika zuzuschreien: „Glauben Sie nicht, was man Ihnen sagen wird. Es war Mord ... Mord ... Mord ...“

Huber ist also schon eingetroffen.

Der Objektleiter hat ihm das Päckchen aus Köln gleich zum Frühstück in den Eßraum gebracht. Gleichgültig steckt Benedict es in die Tasche seiner Jacke.

Vor der Tür des VP-Heims versucht er, Hubers massige Gestalt irgendwo ausfindig zu machen, aber er kann ihn nicht entdecken. Muß er eben den vereinbarten Treff abwarten, bis er ihn wieder nach Hause schicken kann. Jetzt weiß er aber wenigstens, warum er diese Nacht so schlecht geschlafen hatte. Das kühle Tief der vergangenen Woche hat sich über Nacht in ein strahlendes Hoch gewandelt.

Der Wagen mit den gelangweilten Männern darin entgeht ihm nicht, als er in der Normannen-Straße eintrifft. Ob er ihnen sagen sollte, daß sie sich die Mühe sparen können.

Auch auf dem Weg hat er vergeblich nach Huber Ausschau gehalten. Einmal glaubte er, ihn im morgendlichen Gewühl ausgemacht zu haben, aber der

Mann in der Windjacke und dem Kunstlederhütchen auf dem Kopf war es dann doch nicht.

Meißner ruft gegen 11 Uhr in der Zentral-Kartei an, um zu fragen, ob er die Unterlagen heute abend bei ihm im VP-Heim abholen kann. Benedicts Bestätigung, daß die Geschichte damit für ihn endgültig vom Tisch sei, scheint er als eine Selbstverständlichkeit zu betrachten. Beim Mittagessen in der Kantine erzählt ihm seine leicht aufgelöste Staatsarchivarin dann auch, warum das Treffen mit ihrem DEFA-Freund geplatzt ist. Seine Frau hatte ihn davon abgehalten. Sie hätten damals genug Ärger gehabt, und irgendwann müsse ja mal Schluß sein.

„Aber er hat mir seine Telefonnummer in Babelsberg gegeben. Wenn Sie möchten, können Sie ihn da während der Dienstzeiten anrufen!"

Höflich nimmt Benedict die Nummer entgegen. Es ist müßig, ihr zu sagen, daß er davon keinen Gebrauch mehr machen wird.

So geht nun wirklich alles seinen geregelten Gang, und der Hauptkommissar kann sich am Nachmittag ohne weitere Unterbrechungen seiner eigentlichen Arbeit widmen und Major Raschkes schmutziger Spur durch die DDR der 80er Jahre folgen. Lesen. Notieren. Lesen. Notieren. Lesen …

Merkwürdig schlaff und deprimiert verläßt er am Nachmittag die Festung an der Normannen-Straße und ist Punkt 17 Uhr in der Telefonzelle, um Ganser seine Arbeitsergebnisse durchzugeben.

„Der Typ vom WDR hat schon wieder angerufen. Suchst du einen anderen Job? Sollst ihn jedenfalls dringend zurückrufen!"

Nein, diesen Anruf kann er sich jetzt sparen. Das war vorbei. Vielleicht würde er sich heute mal irgendwo billig besaufen.

Die ganze Zeit steht eine Frau vor der Telefonzelle, wartet, daß er sie frei macht und tritt jetzt auf ihn zu. Statt aber in die Zelle reinzugehen, reckt sie ihm plötzlich die Hand entgegen und steckt ihm einen Zettel zu. Bevor der überraschte Benedict noch reagieren kann, hat sie sich auf ein heranpreschendes Motorrad geschwungen und verschwindet im dichten Strom des Feierabendverkehrs. Es ist ein einfacher Zettel mit einem Namen und einer Telefonnummer. Nichts weiter. Der Name ist ihm bekannt. Er hat ihn schon gestrichen. Dean Sanger.

Bevor ihm jemand die Zelle streitig machen kann, nimmt er den Hörer auf und wählt die angegebene Telefonnummer in Berlin. Freizeichen. Diese verdammte Neugier. Immer diese verdammte Neugier. Irgendwann würde sie ihn …

„Ja?" meldet sich eine männliche Stimme.

„Ich habe gerade eben einen Zettel mit Ihrer Telefonnummer bekommen …"

„Ja?"

„Dean Sanger!"

„Gut. Wir haben das Material, nach dem Sie suchen. Was ist es Ihnen wert?"

„Was für Material suche ich denn?" kann der Hauptkommissar seine Verblüffung kaum verbergen.

„Mensch, Benedict! Machen Sie doch nicht solche Spielchen. Über Dean Sangers Tod natürlich. Wir verkaufen keine Barby-Puppen!"

„Und was soll das sein?"

„Zweiundzwanzig Tonkassetten mit Telefonmitschnitten der Abteilung 26. Alles Telefonate von Dean Sanger in 1 a-Qualität. Dazu fünf Video-Mitschnitte, die ohne Sangers Wissen während seiner Behandlungssitzungen gemacht wurden …"

„Was für Behandlungsstunden?"

„Na, wissen Sie das denn nicht? Der Mann war

doch schwer krank. Epilepsie. Wurde psychotherapeutisch von Prof. Schallreuter behandelt. Eine anerkannte Kapazität auf seinem Gebiet und ... nebenbei KGB-Mitarbeiter!“

Schon wieder eine anerkannte Kapazität. Davon scheint es hier nur so zu wimmeln. Aber Epilepsie bei einem „Showman“. Das ist interessant.

„Und warum meinen Sie, daß ich dafür was bezahlen sollte?“

„Ihre Sache. Wenn Sie eben den Beweis für Sangers Ermordung nicht haben wollen ...“

„Die Leute bluffen doch! Was sollen die denn schon in der Hand haben! Sie haben doch den Abschiedsbrief selber gelesen!“

Meißner ist stocksauer, trotzdem ist Benedict froh darüber, ihn endlich ins Vertrauen gezogen zu haben. Nachdem er sich Bedenkzeit bis morgen erbeten hatte, war er auf schnellstem Wege raus nach Marzahn gefahren und hatte nervös darauf gewartet, daß der MUK-Leiter seine Unterlagen abholen würde. Wegen der neuen Situation hatte er auch Huber nicht zurück nach Frankfurt geschickt. Da wollte er besser abwarten, wie sich das hier noch entwickeln würde. Bis zu Meißners Eintreffen hatte er das Für und Wider abgewogen. Letzten Endes hatte er aber keinen anderen Ausweg gesehen, als Meißner über das Telefonat mit diesen merkwürdigen „Verkäufern“ zu informieren. KGB-Unterlagen, das war eine entschieden zu heiße Nummer für einen Mann alleine.

„Aber irgend was müssen die doch haben! Und dann auch noch aus geheimen KGB-Quellen!“

Natürlich kann er Meißners Zorn verstehen. Nachdem heute vormittag alles noch so klar schien.

„Es gehen im Moment genügend abgehalfterte Leute von der Sicherheit mit geklautem Material hausieren. Nicht auszuschließen, daß das bei den Sowjets genauso ist. Was wollen Sie denn jetzt machen? Sich da weiter reinhängen?“

„Ich kann natürlich nichts dafür bezahlen. Woher sollte das Geld auch kommen? Aber … ich würde schon was dafür geben, mal zu sehen, was dahintersteckt. Sie nicht auch?“

„Nee, garantiert nicht. Für mich ist das kein Fall. Außerdem bin ich Familienvater, und das Ganze hört sich nicht ungefährlich an, aber …“

Mit dem Besaufen wird's an diesem Abend doch nichts. Meißner hatte sich schließlich mit den Worten „will mal sehen, was ich für Sie tun kann“ dann doch noch hilfsbereit verabschiedet, und erst als Benedict schon im Bett liegt, fällt ihm ein, daß er da ja noch die beiden Videos liegen hat und den Mann vom WDR doch noch hätte anrufen sollen. Aber da ist es schon zu spät.

11

Wie auch immer Dr. Siegfried Huber aus Frankfurt am Main es geschafft haben mochte, jedenfalls wirft er irgendwann mitten in der Nacht an Benedicts Bett einen gewaltigen Schatten.

„Können Sie schnarchen. Machen ja direkt die Pferde in Hoppegarten scheu!“

Aus schlaftrunkenen Augen blinzelt der Hauptkommissar in den abgeschirmten Lichtstrahl einer Taschenlampe, die auf Hubers runden Schädel gerichtet ist.

„Hoppegarten? Pferde? Was? Wie kommen Sie überhaupt … ach … was gibt's denn?“

Sinnlos, danach zu fragen. Auch auf Fuerteventura hatte der akademische Finanzfahnder solche Fragen stets unbeantwortet gelassen.

„Passen Sie auf, ich habe noch rund drei Minuten bis zum nächsten Anfall. Also, kurz und schmerzlos zur Lage: es sind mindestens zwei verschiedene Gruppen, die an Ihnen dran kleben. Da stellt sich ein echtes Problem. Wenn Sie wollen, daß ich Ihnen weiter den Rücken freihalte, kann ich nicht rausfinden, woher die kommen oder wer die eigentlich sind. In der Nacht, solange Sie jedenfalls hier rumschnarchen, gehen die sowieso mit halber Besatzung auf Tauchstation."

„Auf Tauchstation?"

„Ja. Einer gammelt in so 'nem verbeulten Trabant gegenüber, und der andere hat sich janz feudal im zweiten Stock von so 'ner Plattenvilla aus Honeckers Bauprogramm für die werktätigen Schichten einjenistet."

„Und Sie, was machen Sie?"

„Dr. Huber, der Mann der im ganzen Rhein-Main-Gebiet für seine Pferdeallergie berühmt und berüchtigt ist, hat sich in den letzten Stunden in den Ställen von Hoppegarten rumgetrieben, um den Besitzer eines Motorrads der Marke Java, mit Ost-Berliner IA-Kennzeichen, ausfindig zu machen. Auf diesem Motorrad entschwand heute Nachmittag eine gewisse Überbringerin einer Nachricht, oder irre ich mich da sehr?"

„Natürlich nicht. Weiter!"

„Fehlanzeige. Die Maschine gehört einem dort beschäftigten Pferdepfleger, dem sie am Vormittag geklaut worden war. Hatte sie schon als gestohlen gemeldet, und sie ist bis jetzt nicht wieder aufgetaucht!"

„Wie haben Sie denn ...?"

„Noch 1 Minute und 25 Sekunden!“ flüstert Huber mit mahnender Stimme. „Wenn Sie also wollen, daß ich rauskriege, wer die Leute sind, muß ich mir meine Katze zur Unterstützung holen! Zwei Sachen gleichzeitig kann ich nicht.“

„Ihre Katze?“

„Ja, Dr. Katzmann, mein Assistent in Frankfurt!“

„Laß mal, Huber. Soviel Aufwand ist die Sache wahrscheinlich gar nicht wert. Nee, nee!“

„Wenn Sie das so sagen ... also, jetzt muß ich wirklich ... sonst ...“

Kurze Zeit nachdem Dr. Siegfried Huber das Weite gesucht hat, vernimmt Benedict ein merkwürdig dumpfes, explosionsartiges Geräusch, dessen Art und Ursprung ihm längere Zeit ein Rätsel bleibt. Schnell hatte der Huber ja wieder reagiert. Sich in dieser Situation das polizeiliche Kennzeichen zu merken und dann auch noch, durch welche Quellen auch immer, den Halter des Motorrades zu ermitteln! Das war schon eine reife Leistung. Typisch Huber, eben. Schade, daß es nicht geklappt hat. Hoppegarten ... Pferdeallergie ... wieder dringt dieses gedämpfte Knallen an seine Ohren, und dann muß Benedict in seinem Bett vor Lachen fast losprusten ... richtig, da niest jemand!

Benedict fühlt sich im Wissen um Hubers beschützende Anwesenheit bedeutend sicherer in den Straßen dieser Stadt. Er vermeidet vergewissernde Rundumblicke, denn das übernimmt viel besser jemand anderes für ihn.

„Morgen!“

Der Wartburg der MUK erwartet ihn am Bahnhof Lichtenberg, aber heute ist es nicht der allgegenwärtige Engel, sondern der Leiter der MUK höchstpersönlich, der ihn zu einer Spazierfahrt auffordert.

„Ich habe da was für Sie arrangiert, draußen in Karlshorst."

Nach seiner knappen Miteilung versinkt er in Schweigen, so als müßte Benedict der Inhalt dieses Satzes aus sich selbst heraus klar sein. Auch der Hauptkommissar grübelt schweigend, stellt aber nach einigen Minuten fest, daß Meißner im Kreis herumfährt, denn die gleiche Straße haben sie gerade eben schon einmal passiert. Stirnrunzelnd wendet er dem Fahrer seinen Kopf zu, aber dessen Blicke scheinen vom Rückspiegel gebannt zu sein.

„In einer Hinsicht scheinen Sie jedenfalls Recht gehabt zu haben. Wir werden verfolgt!"

Nach einer Weile weiteren Zickzack-Kurvens greift der MUK-Leiter schließlich zum Mikro, bastelt aber erst irgend was an dem RFT-Gerät herum, bevor er zu sprechen beginnt.

„Sluschaitje, Towarischtsch Major! Mui idiom ..."

Perplex lauscht Benedict den russischen Wortkaskaden des MUK-Leiters. Klar, so ungewöhnlich war das ja auch nicht. Hatte wahrscheinlich sogar Lehrgänge in der Sowjetunion mitmachen müssen ... war wohl üblich bei den höheren Chargen hier. Nach mehreren Minuten scheinen Meißner und sein unsichtbarer Gesprächspartner dann zu einem Entschluß gekommen zu sein. Jetzt geht es ohne weitere Umwege zügig Richtung Friedrichsfelde, wo Meißner den Wartburg schließlich am Eingang des Tierparks anhält und Benedict zum Aussteigen auffordert.

Als sie das Eingangstor passiert haben und auf ein größeres Gebäude zugehen, spricht Meißner kurz und eindringlich auf ihn ein. „Wenn wir da drin sind, wird Sie ein Tierpfleger mit einer Tierparkuniform versehen. Die ziehen Sie ganz schnell über Ihre Klamotten, und dann folgen Sie seinen Anweisungen. Das muß alles ganz schnell gehen, sonst kommen die uns auf die Schliche. Nachher werden Sie dann erwartet!"

„Und was ist mit Ihnen?"

„Ich warte hier, bis Sie wieder zurück sind. Dann fahren wir wieder zusammen los!"

„Aber ..."

Zu spät, sie haben das Dienstgebäude erreicht, wo sie der Tierpfleger erwartet. Benedict streift sich das streng riechende Zeugs über, schlüpft in ein Paar übergroße Gummistiefel und bekommt abschließend noch eine speckige Mütze auf den Kopf gestülpt. Er schüttelt sich. Hoffentlich gibt das keine Herpesbläschen. Der Mann drückt ihm dann noch eine Mistgabel in die Hand, nimmt eine bereitstehende Schubkarre mit Heu, und sie verlassen das Gebäude durch einen anderen Ausgang. Zwischen zwei Gehegen hindurch erreichen sie Augenblicke später eine dichte Baumhecke. Ehe sich Benedict versieht, öffnet sich dahinter unvermittelt eine kaum wahrnehmbare Eisentür, und er stolpert hindurch. Eine Straße, eine dunkel verhangene Limousine mit laufendem Motor und ein offener Wagenschlag, in den er hineingezogen wird. Stolpernd fällt er auf die hintere Sitzbank, die Tür klappt zu, und der Wagen nimmt zügig, aber nicht übertrieben schnell Fahrt auf.

„Wo soll's denn hingehn?"

Die Antwort des Fahrers, von dem er nur den breiten Rücken sieht, ist nicht besonders erhellend.

„Ja nje ponimaju!"

Weitere Bemühungen um Konversation stellt der Hauptkommissar ein und ergibt sich in sein Schicksal. Was sollte er sonst auch machen. Meißner wird das schon richtig organisiert haben, oder ...?

Lange dauert es dann aber nicht. Der Fahrer öffnet den Wagenschlag wieder, und als Benedict aussteigt, steht er vor einer etwas stockfleckigen Gründerzeitvilla, in deren Inneren er von einer uniformierten Wache in Empfang genommen wird. Diese Uniform! Endlich fällt auch bei ihm der Groschen. Karlshorst! Natürlich! Hier sitzen doch die Iwans! Noch bevor er sich mit diesem Gedanken vertraut machen kann, klopft sein Empfangskomitee an eine Tür und geleitet ihn hinein.

Welch ein Bild.

Das Flaggschiff der russisch-türkischen Koalitionsflotte unter voller Takelung feuert eine Breitseite gegen die französischen Inselbefestigungen in der Ionischen See. Eines dieser maritimen Kriegsgemälde in schwerem Goldrahmen, auf denen nichts von Schweiß und Mühsaal der mißhandelten Kanoniere und Seeleute zu sehen ist. März 1799. Russisch-türkische Streitkräfte erobern die Ionischen Inseln von den Franzosen. In Korfu fallen ihnen ein Linienschiff und eine Fregatte in die Hände. Das seemännische Bravourstück wurde von dem russischen Admiral Fjodor Uschakow, dessen Flagge am Top des Hauptmastes flattert, geführt. Welch ein Bild. An diesem Ort.

„Gefällt es Ihnen, Herr Benedict?"

Was für eine Frau.

Das weiße Gesicht mit den hohen Wangenknochen von blauschwarzem Haar umrahmt, zu einem kleinen Dutt im Nacken gesteckt, versucht es Strenge zu vermitteln, kann aber die Ausstrahlung sinnlicher Weiblichkeit nicht völlig verhindern. Die etwas zu kleine Nase über den vollen Lippen widerspricht dem ernsten Eindruck zusätzlich. Das alles wird überstrahlt von nachtblauen, feucht-samtigen Augen, in denen sich die Farben aller Weltmeere versammelt zu haben scheinen. Auf den Grund dieser Meere zu tauchen ... und obwohl ihre Kleidung, grauer Rock und grauer Pullover, wohl einen uniformen Eindruck vermitteln soll, bringt sie die wundervollen Formen ihres Körpers zur Geltung, daß Benedict der Atem stockt ...

„Nu schto, gefällt es Ihnen?“

Mit vor leichter Ungeduld gekrauster Nase wiederholt sie die Frage, und er beeilt sich, heftig zu nicken.

„Ja, ja ... die Schlacht vor Korfu unter Admiral Uschakow!“

Die Frau runzelt erstaunt die weiße Stirn, aber in ihren Augen beginnen kleine, fröhliche Ostseewellen zu wirbeln.

„Sie haben von meinem Ur-Ur-Ur-Großvater gehört? Das ist sehr ungewöhnlich. Oder habe ich eine Ur vergessen?“

Sie lacht. Ein warmes, gutturales Lachen aus einer heiseren Kehle. Ihr Deutsch klingt bemüht korrekt und ist fast ohne bestimmbaren Akzent. Dann wird Sie wieder ernst. „Ich bin Vera Uschakowa. Mein Dienstgrad ist Major. Sicher hat Ihnen Genosse Meißner gesagt, daß ich Angehörige des KGB bin.“

Nein. Hatte er nicht, aber er hätte es sich denken müssen.

„Bitte setzen Sie sich doch endlich, Herr Benedict! Möchten Sie ein Glas Tee?“

„Ja, sehr gerne!“ sagt der Hauptkommissar mit belegter Stimme und setzt sich auf den Stuhl vor ihrem Schreibtisch.

„Tschai, poschalista!“ ordert sie ins Telefon und fingert dabei eine Zigarette aus der Packung neben sich.

Aber während Benedict noch in den Taschen seiner Hose unter der Verkleidung nach Streichhölzern fummelt, hat die KGB-Majorin sich schon selbst mit einem Einwegfeuerzeug geholfen.

„Sie haben da ein kleines Problem und …"

Ein Uniformierter bringt ein silbernes Tablett mit zwei dampfenden Teegläsern herein, das er auf dem Rand des Schreibtisches abstellt, und verläßt salutierend das Zimmer.

Die Uschakowa nimmt sich eine Tasse vom Tablett herunter, aber bevor sich auch Benedict bedienen kann, steht sie auf, geht um den Schreibtisch herum und bringt ihm seine Tasse auf dem Silbertablett. Sie beugt sich zu ihm herunter. Er spürt ihren Atem im Gesicht und einen Wimpernschlag lang fühlt er die Berührung ihrer Brust an seinem Oberarm.

„Sie riechen gut!"

„Tut mir leid, das sind diese Sachen aus dem Zoo, die …"

„Ach das … nein, ich meine Ihr Rasierwasser. Das kenne ich gut. Old Spice. Mein Vater benutzt es. Ich liebe diesen Geruch!"

Ihr Vater? Wie alt mochte sie sein. So um die Dreißig vielleicht, aber er tat sich da bei Frauen immer schwer. Die Berührung ihrer Brüste durch den Stoff hindurch hatte wie ein Elektroschock auf ihn gewirkt. Ob sie das absichtlich getan hatte? Oder war sie sich der Auswirkungen ihrer eigenartigen „Teezeremonie" gar nicht bewußt?

„Also, Ihr Problem, Herr Benedict!"

Ja, sein Problem. Welches Problem? Ach ja … das auch.

„Es ist gut, daß Sie darüber mit dem Genossen Meißner gesprochen haben. Wir haben großes Interesse daran, an die Leute heranzukommen, die Material unserer Archive auf dem freien Markt zu verkaufen versuchen. Und natürlich ist es besonders wichtig für uns, die Verräter aus den eigenen Reihen unschädlich zu machen. Die Ratten verlassen das sinkende Schiff, sagt man bei Ihnen wohl, aber sie wollen sich auch noch daran bereichern. Das können wir nicht dulden, auf keinen Fall!“

Bei den letzten Worten hat die Stimme der KGB-Majorin einen harten Klang angenommen, und sie klatscht mit der flachen Hand auf die Schreibtischplatte.

Wie gebannt starrt Benedict auf die sehnige Hand der russischen Frau. Diese Schreibtischplatte ... was für ein Einfall ... eine KGB-Majorin hier in ihrem Büro, auf dieser Schreibtischplatte ... er muß schlucken und kämpft einen aufopferungsvollen Kampf gegen seine Phantasien.

„Wie gehen wir in dieser Sache also vor?“ Er scheint diesen Kampf dann doch gewonnen zu haben.

„Im Laufe des Vormittags werde ich mit unseren Spezialisten einen Operationsplan entwickeln und Sie heute abend darüber informieren.“

„Die Leute wollten sich aber heute noch mit mir in Verbindung setzen. Was soll ich denen sagen?“

„Hm ... halten Sie sie irgendwie hin ... verlangen Sie eine Kostprobe des Materials oder etwas ähnliches. Sie müssen sich doch von der Qualität der Ware überzeugen, oder?“

Ja. Das wäre schön, denkt Benedict und muß wieder schlucken.

„Sicher. Das könnte hinhauen. Und wie machen wir das heute abend mit der Information?“

„Wir arrangieren einen unauffälligen Treff. Sie haben doch heute abend noch nichts vor?“

„Nein ...“

„Gut. Ich habe zwei Karten für die Deutsche Staatsoper. Wir treffen uns vor dem Eingang. Mögen Sie Mozart? Die ‚Zauberflöte‘?“

Natürlich mochte er die ‚Zauberflöte', aber vor der Aussicht auf einen Abend mit Vera Uschakowa, Major des KGB in Berlin-Karlshorst, hätte er sogar Wagners ‚Ring' überwältigend gefunden.

„Die Jungs werden ganz schön Schaum vorm Mund haben!"

Hauptkommissar Meißner grinst schadenfroh, als er mit Benedict, der erleichtert ist, aus der stinkigen Tierpflegerkluft wieder herausgekommen zu sein, vor dem Tierpark Friedrichsfelde in den Wartburg steigt. Und nicht nur die, denkt der Westkommissar etwas besorgt, denn auch Dr. Siegfried Huber würde der soeben beendeten Charade zum Opfer gefallen sein.

„Nu? Wie hat Ihnen die Genossin Vera gefallen? Sie müssen doch zugeben, daß ooch der Sozialismus reizvolle Früchte hervorbringt, nu?"

Vitus H. Benedict kann nicht umhin, dem zuzustimmen und lächelt versonnen vor sich hin.

„Hab ich mir doch gleich gedacht, daß Ihnen die behagen würde! Und sonst? Haben Sie mit unseren Freunden ein Arranschemang treffen können? Wegen der Sanger-Geschichte?"

Er berichtet Meißner über den Ablauf des Treffens in der KGB-Villa, soweit er das für sinnvoll erachtet, aber als der ihn an der Normannenstraße wieder absetzt, geht er doch davon aus, daß sich der MUK-Leiter unverzüglich mit Vera Uschakowa in Verbindung setzen wird. Die beiden kennen sich mit Sicherheit länger und besser und sprechen außerdem die gleiche Sprache.

„Wenn's heute abend nicht zu spät wird, sprechen wir uns noch!" verabschiedet Meißner sich durch das heruntergekurbelte Wagenfenster hindurch.

„In Ordnung!“ antwortet Benedict, aber das geht in einem plötzlichen Quietschen und Knallen von Blech auf Blech unter. Vielleicht hatte Meißner zu schnell vom Straßenrand zur Mitte gezogen, vielleicht war der andere Wagen auch einfach mit zu hoher Geschwindigkeit herangebraust. Das Ergebnis war der nicht schwerwiegende Auffahrunfall eines West-Golfs auf einen Ost-Wartburg, der aber, wenn man nach der Lautstärke des in bayrische Loden gekleideten Golf-Fahrers ging, mindestens drei Menschenleben gekostet und einen Millionenschaden verursacht hatte.

„Ja kreuzsapperlot! Könnt's ihr verdammten Saupreißn, kommunische, nicht aufpassen!? Habt's ihr net Audo fahrn gelernt, auf eure roten Parteischul'n?“ schnauft der Massige mit dem Filzhut auf dem Kopf, und der Gamsbart zittert vor Empörung mit.

Als Benedict sieht, wie sich Meißners Gesicht zu einer eisig-dienstlichen Grimasse verzieht, scheint es ihm an der Zeit einzugreifen, und er tritt mit einem hastigen Schritt zwischen die beiden Kontrahenten.

„Geht in Ordnung, Kollege“, zischt er zwischen den Lippen heraus, „der Mann gehört zu mir. Was ist los, Huber?“

„Na, das will ich Sie fragen? Auf einmal war'n Sie verschwunden. Dachte schon, die hätten Sie im Zoo hinter Gitter gebracht!“

„Da wußte ich selbst nichts von. War 'ne Überraschung von meinem Kollegen hier. Es ist alles soweit in Ordnung. Ich werde hier noch ein paar Stunden absitzen und heute abend in die Staatsoper gehen. Aber bemühen Sie sich nicht, die Vorstellung ist ausverkauft. Und jetzt“, wendet er sich wieder Meißner zu, „tun Sie so, als ob Sie mit ihm Adressen austauschen oder so was, das muß schließlich echt aussehen!"

Mit einem zünftigen „Pfüeti, Saupreiß!" verabschiedet sich der Golf-Fahrer alsbald, und Meißner sieht ihm kopfschüttelnd nach.

„Scheint wohl Theatertag zu sein, heute!"

Dann ist auch der MUK-Leiter weg.

Gleich der erste Raschke-Vorgang birgt eine Überraschung.

Als er das Deckblatt umblättert, fällt ihm ein Fetzen Papier entgegen, der da nichts zu suchen hat. Eine Telefonnummer und zwei Buchstaben. DS. Unwohl starrt Benedict auf das Gesicht des Bürgerkomiteelers. Sollte der ... oder die Staatsarchivarin? Der Mann vom Amt für Nationale Sicherheit vormals MfS? Es hilft trotzdem nichts. Er muß sich mit den Leuten in Verbindung setzen, damit sie keinen Verdacht schöpfen. Aber von hier? Aus der Höhle des Löwen? Lächerlich! Wenn es denen möglich war, ihm sogar in das Allerheiligste hinein Nachrichten zukommen zu lassen, konnte er sie auch geradeso von hier aus anrufen.

„Hör'n Sie, ich muß da mal 'ne Flamme von mir anrufen ... wäre es möglich, daß Sie gerade mal ... nur 'ne Minute! Bitte!"

Nach einer Weile löst sich das mürrische Gesicht des Bürgerkontrolleurs glücklicherweise in einen Ausdruck von Verständnis auf, und Benedict kann unbeaufsichtigt sprechen.

„Benedict!"

„Dachten schon, Sie hätten kein Interesse mehr!"

„Doch, doch ... vielleicht sogar großes Interesse, allerdings ..."

„Ja?"

„Na ja, 'ne Katze im Sack habe ich noch nie gekauft. Ich müßte schon irgendeine Art von Beweis dafür haben, daß Ihr Material überhaupt was wert ist ... Können Sie mir so was liefern?"

Man scheint sich am anderen Ende der Leitung zu beraten, denn selbst durch den abgedeckten Hörer hindurch kann Benedict das Gewirr unterschiedlicher Stimmen vernehmen.

„Hören Sie, Hauptkommissar Benedict aus Düsseldorf, Sie wollen uns doch nicht etwa verarschen? Mein Wort drauf, es ist uns scheißegal, ob Sie Bulle sind oder sonstnochwas! Munition haben wir satt!"

„Wie kommen Sie darauf?" versucht er die aufgeregte Stimme zu beruhigen. „Wir wollen doch ein Geschäft machen, an dem beide Seiten Freude haben oder? Und wenn Sie echtes Geld von mir wollen, muß ich sicher sein, daß ich von Ihnen auch echte Ware bekomme! Und das hat nichts mit Verarschung zu tun!"

„Also gut! Sie kriegen, was Sie wollen! Aber dann muß der Deal auch sofort über die Bühne gehen, sonst geht das Material an andere Interessenten!"

„Wann? Wie? Wer ..."

Die folgenden Stunden hastet der Mann in der Zentral-Kartei durch die auf seinem Schreibtisch gestapelten Akten. Die Zeit im Nacken und immer fürchtend, den einen Namen vielleicht zu überlesen. Eben den Namen, der die Kollegen in Düsseldorf letztlich auf die Spur des Mörders von Raschke, alias Fuchs, führen könnte.

Um 16 Uhr verläßt Benedict mit den Ergebnissen seiner heutigen Nachforschungen die Normannenstraße, hetzt zum Bahnhof Lichtenberg und betritt kurz vor fünf mit eiligen Schritten den Eingang des

VP-Heims am Murtzaner Ring. Fast hat er die Tür seines Zimmers erreicht, als ihn die laute Stimme des Objektleiters zum Umkehren zwingt.

„Hier ist gerade ein Päckchen für Sie abgegeben worden, Herr Benedict! Steht drauf ‚Sofort zu öffnen!'"

„Danke!" ruft er, reißt das kleine Päckchen an sich und verschwindet auf seinem Zimmer, wo er es schweratmend aufmacht. Ein Walkman. Fast wäre er seinen zitternden Fingern entfallen und auf dem Boden zu Bruch gegangen. Während er sich die beigelegten Kopfhörer aufsetzt, versucht er gleichzeitig aus der Hose zu steigen und in den Waschraum zu gehen. Seine unkoordinierten Bemühungen finden ihr abruptes Ende, als er sich plötzlich strauchelnd auf dem Fußboden wiederfindet. Der Fall gibt ihm dann endlich Gelegenheit, sein Gehirn wieder einzuschalten, und er versucht trotz Zeitnot die Dinge der Reihe nach durchzuführen. Auf der Bettstelle sitzend, betätigt er den Einschalthebel des Walkman. Einige Sekunden lang dringt nur ein etwas lauteres Rauschen aus den Kopfhörern, aber dann scheint der Wählvorgang abzulaufen, gefolgt von einem Rufton. Nicht der typisch deutsche Rufton, nein, irgendwas ausländisches. Bevor er weiter herumrätseln kann, meldet sich der Teilnehmer am Ende. „Hallo! This is Dixie Lupinsky. Who's speaking? ... Hallo! It's Dean! How are you today? ... Hallo, my love! Are you alone? ... Yes ... I love you so much ... I know ... How is everything going? Are you making any progress? ..." Der Telefonmitschnitt dauert nur wenige Sekunden, aber es ist der definitive Beweis für die Echtheit des angebotenen Materials. Und jetzt weiß Benedict auch etwas mehr über diese Amerikanerin namens Dixie, die sich von allen möglichen Geheimdiensten verfolgt fühlt, von Dean

Sangers Ermordung überzeugt ist und offensichtlich in Dean Sanger verliebt war …

Fast hätte er die kleine Nachricht übersehen, die noch in den Resten des zerfetzten Briefumschlages liegt: Der Wert der Lieferung beträgt 50 000 DM. Kein Handel. Wir setzen uns mit Ihnen in Verbindung!

Verdammt, die Zeit! Gut, daß er wenigstens einen seiner dunkleren Armani-Anzüge und die passenden Schuhe dabei hat. Die Krawatte? Vielleicht etwas zu bunt für die Oper, aber was soll's. Muß gehen. Rasieren? An sich noch nicht nötig, aber … sicher ist sicher. Und auch wegen des After Shaves. Sie riecht es doch so gerne.

Als er um zehn nach sechs ganz schön verschwitzt und mit einem satten Rasierschnitt über der Oberlippe in seiner Telefonzelle steht, klopft ihm das Herz bis zum Hals, und er hört den Puls in seinen Ohren wummern.

„Mensch, wird aber auch Zeit! Ich will auch mal pünktlich aus dem Laden rauskommen! Also schieß los!"

Benedict rattert mit fast atemloser Stimme die Namen und Geburtsdaten so schnell herunter, daß ihn Kommissar Ganser im Düsseldorfer Präsidium mehrmals unterbrechen muß. Dann ist er endlich durch.

„Dieser irre Typ vom WDR nervt mich hier langsam. Kannst du den nicht endlich mal zurückrufen?"

Auch der noch. Hätte er fast vergessen.

„Hallo, Hallo! Sie haben die heißeste Musiknummer …"

„Hören Sie auf mit dem Schwachsinn! Ich bin's. Benedict!"

„Ach Sie gibt's noch? Sie glauben wohl, wir hätten hier sonst nichts anderes zu tun! Die Schnepfe, die Sie suchen, heißt Dixie Lupinski!“

„Weiß ich auch schon.“

„Na is ja gut. Brauch ich ja nicht weiter …“

„Reden Sie schon. Was haben Sie über sie rausbekommen?“

„Wo ist eigentlich das Nest mit den komischen Vögeln, die Sie immer ausgraben? Erst dieser abgefuckte Ami-Sänger mit dem Lenin-Orden, und jetzt noch eine hysterische Zimtzicke, die halb Amerika mit ihren irren Geschichten auf den Geist geht! Also, die Schnecke ist völlig verstrahlt, hat den Schuß nicht gehört, capito!“

„Hören Sie, ich hab nicht viel Zeit, mir Ihr Gesülze anzuhören. Haben Sie was über sie oder nicht?“

„Ja, ja. Is' schon gut. Die is'n Amateur. Keine Professionelle im Business. Hat vor Jahren jeden nur anwählbaren Anrufbeantworter rund um L.A. mit ihrem Sanger-Spezi vollgelabert und den Produzenten absolut unprofessionell gemachte Tapes mit dem Sanger-Gedudel zugeschickt. Der volle Joke für den dust-bin! Dean … who? Hat sogar versucht, sowas wie'n Dean Sanger Fanclub in den USA auf die Rolle zu bringen, aber da war sie wohl das einzige Mitglied. Zur Zeit geht die News, daß die Männer in den weißen Anzügen mit der Zwangsjacke hinter ihr eine Polonaise durch die Staaten veranstalten …“

Wie es Vitus H. Benedict anschließend gelingt, noch rechtzeitig vor Vera Uschakowa die breite Freitreppe der Staatsoper Unter den Linden zu erreichen, das weiß er selbst nicht, aber als sie aus der Taxe steigt, geht sein Atem wieder normal und sein „Guten Abend!“ klingt formvollendet und höflich.

12

„A kiss is just a kiss, a sigh is just a sigh …“

Der Pianomann in der Bar des Intercontinental Hotels hatte Benedicts grünen Schein gerne angenommen, um Veras Musikwunsch zu erfüllen. Der Einsatz hat sich gelohnt. Verträumt sieht sie in das Licht der flackernden Kerze, und in ihren Augen schimmert der Perlmuttglanz von Südseemuscheln. Mit ihren für den Abend rot lackierten Fingernägeln klopft sie den Rhythmus der Melodie auf der Zigarettenpackung mit.

Diesmal hat er keinen stinkigen Arbeitsoverall über seinen Sachen, und der Schein der Streichholzflamme, mit der er ihr Feuer gibt, erhellt für einen Augenblick ihre beiden entspannten Gesichter. Mit einer intimen, fast besitzergreifenden Bewegung legt sie ihre Hand auf seine, um die Flamme näher zu führen. Ihre Berührung durchfährt ihn wie ein Glutstrahl, und am liebsten würde er ihre Hand festhalten. Den ganzen Abend. Für immer.

„Aua!“

Das Streichholz ist heruntergebrannt.

Ihr Auftritt im Foyer war ein Ereignis gewesen. Unter dem leichten Sommermantel trug sie eines dieser einfachen, schwarzen Kleidchen, wie sie nur junge oder sehr attraktive Frauen wirklich tragen konnten. Ihr schmales Gesicht, dessen weißer Teint nicht überschminkt wirkte, vor einem Hintergrund locker aufgeföhnter, blauschwarzer Haarpracht. An ihren Ohren blitzte das Feuer geschliffener Rubine, und auch auf dem vielleicht etwas zu schüchtern geschnittenen Dekolleté leuchteten die zu einer Halskette gearbeiteten edlen Steine. Über allem aber dieses in festlicher Erwartung strahlende Augenpaar, mit dessen Wirkung die alten Preziosen nicht konkurieren konnten. Kaum, daß er sich von ihrem Anblick losreißen mochte. Und auch den Umstehenden schien es nicht anders zu ergehen. Mehr oder minder auffällig verrenkten die Männer ihre Hälse, während die Augenfarben der Frauen zwischen giftgrün und natterngelb changierten. Und er? Wie ein balzender Gockel hatte er seine Dame mit stolzgeschwellter Brust zu ihrem Platz im Parkett geführt. Was interessierte ihn, daß oben auf der Bühne unter der Mondsichel auf sternglänzendem Himmelsblau die „Königin der Nacht“ auftrat. Er hatte seine „Königin“ hier unten neben sich. Roch ihren Körper. Fühlte ihre Wärme. War gefangen von ihrer Nähe.

In der Pause war es mit dem Operntraum vorbei.

Mit entschlossenen Schritten ging sie zur Garderobe und ließ sich ihren Mantel zurückgeben. Dann, sie schien sich wortlos mit der Garderobiere verständigt zu haben, folgten sie dieser bis zu einem kleinen Nebenausgang, wo diesmal keine russische Limousine auf sie wartete. Ein Opel Omega. Wie Benedict durch einen raschen Blick feststellen konnte, mit West-Berliner Kennzeichen. Im Wagen wechselte die Uschakowa ein paar rasche Worte mit dem russischen Fahrer, und sie fuhren durch die abendliche Stadt. Nach einer Weile schienen die ständigen Blicke in den Rückspiegel den Chauffeur zufriedengestellt zu haben, denn er hielt in einer dunklen Nebenstraße und verließ das Fahrzeug.

„Haben Sie mit den Leuten Kontakt gehabt?“

Benedict, der endlich begriffen hatte, welchem Zweck die nächtliche Pausenfahrt dienen sollte, berichtete ihr kurz von dem Probeband mit dem Fetzen eines Telefonats zwischen Dean Sanger und Dixie Lupinsky in den USA.

„Gut. Sehr gut! Ich nehme an, daß diese Verbrecher morgen mit Ihnen Verbindung aufnehmen werden, um die Modalitäten der Übergabe mit Ihnen zu vereinbaren. Passen Sie genau auf: die werden Ihnen einen Übergabeort vorschlagen, den Sie natürlich ablehnen werden! Zögern sie erst. Tun Sie so, als suchten Sie selbst nach einem Ihnen sicherer erscheinenden Platz. Dann schlagen Sie denen das Filmgelände in Babelsberg vor. Sagen Sie, Sie hätten es am Wochenende besichtigt oder so etwas. Es ist wichtig, daß Sie die Leute überzeugen. Hier, sehen Sie!" reichte sie ihm einen kleinen Plan des Filmgeländes und zeigte mit dem Finger auf einen Platz links vom Haupteingang. „Dort gibt es einen Nebeneingang, der geöffnet sein wird. Da steht so eine alte Filmrequisite, ein deutsches Nazi-Flugzeug aus dem 2. Weltkrieg. Genau daneben findet die Übergabe statt. Schlagen Sie 20 Uhr vor, denn bis dahin können wir unsere Leute unauffällig in Position bringen!"

„Und an welchem Tag?"

„... morgen!"

„Morgen schon?"

„Ja, denn jeder Tag Verzögerung würde die Geheimhaltung erschweren, und gerade von unserer Seite dürfen so wenig Leute wie möglich darüber Bescheid wissen!"

„Na, Sie muten mir ja 'ne ganze Menge zu ... und wie soll das dann ablaufen?"

„Sagen Sie den Leuten, daß sie die Videos an Ort und Stelle mit einem tragbaren Abspielmonitor begutachten würden. Erst, wenn Sie das Material als echt identifizieren, gibt es das Geld!"

„Ja, und da sind wir dann beim *casus cnactus!* Woher ..."

„Bei was, bitte?"

„Ach, nur so eine Redensart. Woher soll ich denn an soviel Geld kommen? 50 000 DM?"

„Keine Sorge. Sie werden denen das Geld zeigen können. Aber wenn alles so läuft, wie wir geplant haben, werden die davon nichts mehr ausgeben können!“

„Und was passiert mit dem Material? Ziehen Sie das auch ein?“

„Selbstverständlich. Oder was dachten Sie? Schließlich handelt es sich um Eigentum der Union der Sozialistischen Sowjetrepubliken. Aber ... wenn Sie Ihre Rolle gut machen, lassen wir Sie vielleicht vorher einen Blick draufwerfen!“

Wenn sie diese Augen macht, sieht sie aus wie ein Kind.

Er hat beim Tastenklimperer auch noch „Moskauer Nächte“ in Auftrag gegeben, und sie scheint entzückt.

„Das ist aber nett!“ gurrt sie, und ihr Oberkörper vibriert im Rhythmus der locker dahinschmelzenden Tonkaskaden. Als er sich jetzt eine „Monte Christo“ anstecken will, nimmt sie ihm das Holz aus der Hand und entzündet seine Zigarre. Die ersten blauen Wolken formen schon zerfasernde Kringel in der Luft, bevor er mit rauher Stimme sagt: „Wissen Sie, was es bei uns in Deutschland bedeutet, wenn eine Frau dem Mann Feuer gibt?“ Plötzlich fühlt er ihre Hand in seinem Haar und das weiche Fleisch ihrer Brüste drängt sich an seinen Oberkörper. Und die Farbe ihrer Augen verspricht die Piratenschätze der Karibik.

„Natürlich weiß ich, was das heißt. Küß mich endlich, du deutscher Idiot!“

Sie hatte nach ihrer Lagebesprechung keine Lust mehr gehabt, zur Lindenoper zurückzufahren. „Die Pause ist schon lange vorbei, und jetzt steht mir der

Sinn sowieso nach anderer Musik und einem Drink! Fahren wir in den Westen!“

Dem Fahrer schien der Weg geläufig, denn zielsicher hatte er sie vors Intercontinental gebracht. Bevor sie das Fahrzeug verließen, gab ihm die Uschakowa in herrischem Ton noch einige Anweisungen, wohl den genauen Abholtermin, und der Wagen rauschte wieder ab. Daß auch der Russin dieser Platz nicht völlig unbekannt war, merkte er spätestens, als sie zielsicher den Weg zur Bar des Intercontinental einschlug.

„Ich komm doch gar nicht aus Moskau, du!“ kichert sie und hört auf, an seinem Ohr rumzuknabbern, „bin doch aus Leningrad, hörst du! Warst du schon mal in Leningrad?“

Nein, war er noch nicht. Langsam beginnt die Geschichte kritisch zu werden. Ihre warmfeuchten Hände haben im Halbdunkel der Bar eine Wanderung begonnen, die, wie er befürchtet, erhofft, nur dort enden kann … Abrupt stoppen ihre Finger. Sie setzt sich kerzengerade auf, sieht ihm mit starrem Blick in die Augen und sagt: „Genosse, ich glaube, ich bin total blau!“ Was Benedict nicht verwundern würde, nach vier Bier und sieben Wodka-Gimlets, die sie in den vergangenen zweieinhalb Stunden verputzt hat.

Natürlich ist er enttäuscht. Der Abend hatte mehr erwarten lassen. Aber so ist sie eben, des Lebens bizarre Härte …

„In diesem Zzzustand kann ich unmöglich meinen Fahrer rufen lassen, unmööööglich! Der ist nämlich, weißt du das Benedict, der ist nämlich beim … KGB! Jawoll! Der petzt mich an, jawoll!“

„Du bist auch beim KGB!“ flüstert Benedict ihr leise ins Ohr.

„Ach …? So …? Egal! So besoffen kann ich nicht

zurückfahren. Besorg uns ein Zimmer! Das ist Beffäll! Poschli!“

Hat sie eben „uns ein Zimmer“ oder „mir ein Zimmer“ gesagt? Spielt das eine Rolle? So blau konnten sie auch genauso gut die Nacht gemeinsam in einem Doppelzimmer verbringen.

„Meine Frau hat wohl in der Bar etwas zuviel getrunken, meinen Sie, daß Sie für die Nacht noch ein Doppelzimmer für uns frei haben?“

Der Hundertmarkschein und die goldene Kreditkarte auf dem Tresen des Nachtportiers helfen bei der Entscheidungsfindung, und als die letzten Akkorde von „Smoke gets in your eyes“ in der Bar verklingen, kann er Vera auf ihren schönen, wenn auch unsicheren Beinen zum Fahrstuhl führen. Während sie sich mit geschlossenen Augen in der Kabine an die Wand lehnt, die Wangen gerötet und die Haare zerzaust, summt sie leise immer noch die Melodie vor sich hin. Dann nimmt sie erst den rechten und sofort darauf den linken Ohrring aus den Ohren, schnippt den linken Schuh vom Fuß, gefolgt vom rechten, und …

Glücklicherweise sind sie im neunten Stock angekommen, und er sammelt ihre Utensilien ein, bevor die Tür sich öffnet. Sie hakt sich schwer bei ihm ein und fängt an, laut auf russisch ein Partisanenlied zu singen. Oder sollte er besser sagen, zu grölen? Den Text kennt er noch von früher, und fast ist er in Versuchung mitzusingen. „Durchs Gebirge, durch die Steppe zog unsere kühne Division …“ Dann hält er ihr aber doch lieber den Mund zu und ist glücklich, daß sie ohne Zwischenfälle die Tür ihres Zimmers erreichen. So besoffen hatte er lange keine schöne Frau mehr erlebt.

Als die Tür hinter ihnen ins Schloß gefallen ist, fühlt er glücklich überrascht plötzlich den Druck ihrer warmen Lippen und die fordernde Feuchte ihrer Zunge in seinem Mund. Ihr Körper preßt und reibt sich an seinem. Er läßt seine gierigen Hände wie fiebernd ihren Rücken hinaufwandern und findet den Reißverschluß. Ungeduldig zerrt sie selbst den dünnen, störenden Seidenstoff herunter, dann liegt sie nackt und weich in seinen Armen.

„Komm jetzt endlich. Komm … du …!“

Wahrscheinlich ist es die ungewohnte Nähe eines anderen Menschen, die ihn nur wenige Stunden danach wieder wach werden läßt. Oder einfach die grell hereinscheinende Morgensonne, denn sie hatten nicht mehr die Kraft dazu gefunden, die Vorhänge zuzuziehen.

Versunken in den Anblick der Frau neben sich, die auch am Morgen danach noch eine schöne ist, denkt er wohlig an den Traum der vergangenen Nacht. Er hatte nach versunkenen Schiffen in der Karibik getaucht, aber gefunden hatte er dann goldschimmernden Bernstein im milden Salz der Ostsee.

Nein, er hatte seit Kittys Tod keineswegs als Mönch gelebt. Und obwohl er aufgrund seines Berufes vorsichtig sein mußte, waren da immer Frauen gewesen. Aber mit keiner hatte er ein solch tiefes Erlebnis gehabt, und bei keiner hatte er sich so gewünscht, mit ihr aufzuwachen, den Tag gemeinsam zu verbringen und vielleicht sogar viele Tage … und viele Nächte.

„Na du … schrecklicher Mensch, was hast du mit mir gemacht?“

Lustige kleine Wellen brechen sich im Morgenblau ihrer jetzt geöffneten Augen, als sie mit einem lauten Gähnen den Kopf aus den Kissen hebt.

„Du miese Schauspielerin … die Besoffene zu

markieren ... hast du das am Bolschoi-Theater gelernt?“ geht er lächelnd auf ihren Ton ein.

„Nein, ich bin ein Naturtalent.“ Sie lacht fröhlich. „Außerdem sind wir Russen berühmt für unsere Trinkfestigkeit!“

„Und wo hast du dein gutes Deutsch gelernt?“

„In Bonn, ich bin da groß geworden.“

„In Bonn? Ja wie ...“

„Mein Vater ist schon seit zwanzig Jahren Marineattaché dort, an unserer Botschaft. Er ist Korvettenkapitän!“

Ungläubig schüttelt er mit dem Kopf. „Da müßtest du ja auch Düsseldorf kennen!“

„Natürlich. Ich mag es. Die Kö, die Altstadt ... und Heinrich Heine. ‚Denk ich an Benedict in der Nacht, der hat mich um den Schlaf gebracht!‘“ Und dann platzt sie laut los vor Lachen.

„Hör mal, du ...“, fragt Benedict, nachdem sie sich wieder beruhigt haben, „war das heute nacht ... ich meine, war das dienstlich oder so?“

„Pscht“, sagt sie mit ernstem Gesicht und legt ihm einen Finger über den Mund. „Nicht doch. Wie du da vor dem Bild in meinem Büro standest, wie ein kleiner, glücklicher Junge. Außerdem mag ich Männer, die gut riechen und höflich zu Frauen sind. Solltest mal unsere sowjetischen Männer erleben. Puh! Und du? Bin ich für dich so ein, wie sagt man bei euch im Westen, ein ‚one night stand‘? Oder hast du mich auch ein ganz kleines bißchen ...“

Plötzlich zuckt sie zusammen. „Wie spät ist es?“

„Noch früh. Kurz nach sechs.“

„Verdammt!“

Schnell, viel zu schnell ist der Zauber verflogen. Sie muß raus nach Karlshorst. Dienstbeginn. Den Fahrer kann sie jetzt nicht mehr erreichen, also mit der S-Bahn. Während sie sich eilig kurz abduscht, greift Benedict solidarisch zu seinen Sachen und kleidet sich an. Aber sie will ohne Frühstück zurück, und als die Tür Sekunden später hinter ihr ins Schloß fällt und er mit einer verlorenen Geste über das immer noch warme Bett streicht, fühlt er ein schmerzhaftes Ziehen in seiner Brust.

Auch dem Hotel-Frühstück gelingt es nicht, die Leere in seinem Inneren zu vertreiben, und so ersteht er schließlich ein Cartier-Feuerzeug in einer der Boutiquen. Er würde es ihr zum Geschenk machen. Diese Einwegfeuerzeuge paßten einfach nicht zu ihr. Jetzt fühlt er sich auch etwas besser. Als schlüge dieses Geschenk ein intimes Band zwischen ihm und ihr.

Heute abend. Er sieht sie ja schon heute abend wieder. Dann wird er es ihr geben. Welches Meer dann wohl in ihren Augen schimmert?

Auf dem Weg zur Normannen-Straße versucht er dann doch noch aus einer Telefonzelle den Mann bei der DEFA in Babelsberg zu erreichen.

„Ach ja, Sie sind das? Dean Sanger, ja,ja! Können Sie gleich zu mir rauskommen? Ich hätte jetzt gerade etwas Zeit."

Kurzentschlossen disponiert Benedict um und macht sich auf den Weg zum Filmgelände. Immerhin wäre es gut, wenn er sich da schon etwas auskennte. Auch, wenn die Leute ihn heute anrufen würden. Dann, als er merkt, wie weit der Weg raus nach Babelsberg ist, wird er doch reichlich unruhig. Hoffentlich schafft er es überhaupt noch rechtzeitig zurück. Die S-Bahnfahrt nach Wannsee scheint endlos zu dauern, und der erste Doppeldecker der Linie 99 ist völlig überfüllt. Glücklicherweise brummen die BVG-Busse fast im Minutentakt, und er schafft den nächsten. Als er am Bahnhof Drewitz völlig verschwitzt aussteigt, ist es zwanzig nach neun.

Es gelingt ihm sogar, um 12 Uhr 45 wieder in der Normannenstraße zu sein. Auf der Rückfahrt zur Friedrichstraße hatte er versucht, die Informationen des DEFA-Produktionsleiters nochmals zu durchdenken, aber immer wieder schoben sich die Erinnerungen an Veras Augen und ihren nachtwarmen Körper dazwischen.

Das war schon eigenartig, daß Dean Sanger ausgerechnet an dem Tag Selbstmord, angeblichen Selbstmord, begangen hatte, an dem sein langgehegter Traum endlich finanziell genehmigt worden war. Endlich hätte er die „Bloody Heart"-Geschichte drehen können. Der Film, der ihm ein Denkmal setzen sollte, ja, mit dem er vielleicht sogar auf den Academy Award zielte und für den im Baltikum schon die Requisiten vorbereitet wurden. Ach, Vera Uschakowa, du sanfte, wilde Morgenschöne! War ihm vielleicht genau in diesem Augenblick der Erfüllung mit einem Schlage klar geworden, daß er für die Umsetzung dieses Traumes doch nicht gut genug war, eben doch nur ein „Amerikanischer Showman"? Ob ein westdeutscher Polizist mit einer KGB-Majorin zusammenleben dürfte, sie vielleicht sogar … Jedenfalls kennt er jetzt das DEFA-Filmgelände ganz gut, denn sein Gesprächspartner hatte mit ihm noch einen kurzen Rundgang durch die Studiohallen gemacht.

Und vor allen Dingen weiß er jetzt genau, wo die Übergabe stattfinden soll.

Ein Wunder, daß ihm die ganze Geschichte nicht auf den Magen geschlagen ist. Er hat richtigen Kohldampf und nimmt schnell noch das Stamm-Menü in der ehemaligen Stabskantine zu sich. Diesmal setzt er sich ganz zielbewußt neben die Staatsarchivarin, denn einen Versuch ist es allemal wert. Diese verdammte Neugier. Warum beläßt er es nicht bei seinem jetzigen Wissensstand? Nein, er muß immer alles wissen.

„Ich möchte Sie um einen sehr persönlichen Gefallen bitten, Frau Theuerkorn. Wahrscheinlich ist es zuviel verlangt, aber vielleicht finden Sie ja eine Möglichkeit mir da zu helfen …"

Die Mit-Herrscherin über die MfS-Geheimnisse reagiert anfangs mit derart brüsker Ablehnung, daß Benedict schon das Allerschlimmste befürchtet, aber dann will sie doch sehen, was sie da machen kann.

An seinem Schreibtisch in der Zentral-Kartei wird er schon erwartet. Der Mann von der „Bürgerwehr" hat augenscheinlich in den Vorgängen rumgeblättert und steht hastig auf, als der Hauptkommissar reinkommt.

„Ich dachte schon, Sie wären irgendwie verschütt gegangen! Da gibt's 'ne Menge Leute, die große Sehnsucht nach Ihnen haben: ein Kriminalrat Ehlers aus Düsseldorf will, daß Sie ihn dringend zurückrufen, dann war da noch zweimal dieser VP-Meißner aus dem Präsidium und so ungefähr ein dutzend Anrufe von Leuten, die mir ihren Namen nicht nennen wollten! Ich bin doch hier kein Frollein vom Amt!"

Kaum daß er das gesagt hat, läutet der Apparat schon wieder.

„Sag ich doch: für Sie!" langt der Bürgerkomiteeler ihm den Hörer rüber.

„Ja, Benedict!" meldet er sich mit gehetzter Stimme.

„Na, Herr Kollege! Bißchen viel auf Achse was?!"

Der Düsseldorfer kann sich nicht helfen, aber irgendwie hat Meißners Stimme einen maliziösen Unterton. Immerhin war dem ja bekannt, mit wem er gestern abend zusammen gewesen war. Ob er vielleicht auch …

„Sehen Sie zu, daß Sie spätestens um fünf im Präsidium sind. Wir haben ja wohl noch ein paar Sachen zu besprechen, oder?“

Nachdem Benedict dem MUK-Leiter seine Zusage gegeben hat, macht er sich zumindest dem Anschein nach wieder an das Studium der Raschke-Vorgänge. Den „Leitenden“ kann er von hier aus sowieso nicht erreichen. Was der will, kann er sich auch so denken: Wann sind Sie durch damit, Benedict? oder ähnliches. Immer nervöser blättert er in den Vorgängen herum, ohne deren Inhalt wirklich aufzunehmen. Wenn die nun nicht mehr anrufen? Und wenn es ihm nicht gelingt, sie zu dem Treffpunkt in Babelsberg zu locken? Ob sie verheiratet ist? Er hatte nicht danach gefragt. So eine ähnliche Sache hatte er schon mal vermasselt, weil er zu unflexibel reagierte. Aber das war am Anfang seiner Polizeilaufbahn, noch in Frankfurt. Inzwischen hat er ja auch so einige Tricks drauf. Sie war mit keiner anderen Frau vergleichbar. Auch mit Kitty nicht. Warum rufen die nicht an?

Kurz nach drei ist er so angespannt, daß man auf seinem Rippenfell Gitarre spielen könnte. Als das Telefon endlich, endlich klingelt, hat er das Gefühl, daß die überspannten Saiten häßlich quietschend reißen.

„Schon wieder diese unhöflichen Anrufer!“

Das sind sie. Jetzt geht es also los.

„Hallo! Benedict!“

Stille am anderen Ende.

„Hallo?“

„Wissen Sie was, Benedict, wir hätten Lust, den Deal abzublasen. Sie sind uns einfach zu oft zu wenig erreichbar. Unsere Leute glauben, daß Sie uns irgendwie abzocken wollen, und das gefällt uns nicht. Das gefällt uns überhaupt nicht!“

Schöne Schifferscheiße! Was tun? Flucht nach vorne?

„Bitte. Ist Ihr Problem. Ich habe hier noch einen Ermittlungsauftrag durchzuführen, und der geht vor. Das mit Dean Sanger, das ist für mich nur eine Nebensache. Wenn Sie nicht mehr wollen … c'est la vie!"

Au verdammt, da hat er zu dick aufgetragen! Die Situation ist da. Er hat es wieder vermasselt. Der Anrufer hat einfach aufgehängt. Und jetzt? Da steht er ganz schön belämmert da, vor Meißner … und vor Vera …

Noch in seine stillen Selbstbezichtigungen hinein dringt erneut das Klingeln des Telefons.

„Ja? Benedict!"

„Also gut. Unsere Leute sind einverstanden. Wir machen das Geschäft … wann?"

Der Schweiß läuft ihm von der Stirn brennend in die Augen, als er seinen Trick anbringen will. Er hatte versucht, sich in die Situation dieser Leute hineinzuversetzen. Sie wollten das Geschäft offenbar ziemlich schnell abwickeln. Wenn er also erreichen wollte, daß sie den heutigen Abend als Zeitpunkt akzeptierten, mußte er selbst einen so späten Termin vorschlagen,daß sie sich unmöglich darauf einlassen konnten.

Wenn seine Kalkulation stimmte, wenn …

„Am Freitag, um 20 Uhr!"

„Wollen Sie uns verarschen, Benedict? Damit Sie in aller Seelenruhe bis dahin irgendeine Schweinerei vorbereiten können? Nee, nee, so ausgeschlafen sind wir schon lange. Heute! Heute, 20 Uhr, und keinen Tag später!"

Jetzt muß er aufpassen. Die dürfen nichts von seiner ersten Erleichterung merken, also weiterspielen.

„Sind Sie verrückt! Wie soll ich denn bis heute

abend 50 000 DM auftreiben? Das muß doch erst organisiert werden!“

„Nein, nein. Zu organisieren brauchen Sie gar nichts, nur das Geld zu beschaffen. Und dazu hatten Sie ja auch schon länger Zeit. Entweder Sekt heute abend oder Selters an jedem anderen Tag!“

Zähneknirschend willigt er schließlich ein. Man soll Spiele niemals überziehen, denn der schwierigste Teil liegt jetzt erst vor ihm. Er hatte sich in der Frage des Übergabetermins ihrer Unnachgiebigkeit beugen müssen. In diesem Glauben mußten sie sich jedenfalls befinden. Durch die sehr knappe Terminvorgabe hatten sie ihrer Ansicht seinen Spielraum derart eingeengt, daß sie sich vor Gegenmaßnahmen nahezu sicher sein konnten. Und sie sind Händler. Händler agieren immer irgendwie mit dem Gefühl von Geben und Nehmen. Er hatte in der Frage des Termins geben müssen. Folglich ist es nach uraltem Handelsbrauch nur recht und billig, wenn er dafür als Gegenleistung von ihnen etwas bekommt.

„Und wo?“ versucht er seiner Stimme einen möglichst gleichgültigen Klang zu geben.

„Am Bahnhof Zoo!“ kommt es wie aus der Pistole geschossen. „Da fällt das im Gedränge nicht so auf. Geld gegen Material-Koffer, und wir können uns ganz schnell wieder absetzen!“

Das ist schon klar. Da gibt es viele Möglichkeiten schnell unterzutauchen. S-Bahn, U-Bahn, BVG-Busse oder einfach zu Fuß Richtung Kudamm. Er tut so, als müßte er sich das erst länger durch den Kopf gehen lassen, bevor er seine Bedenken vorbringt.

„Gefällt mir nicht, gefällt mir gar nicht!“

„Wieso? Was ist damit nicht in Ordnung?“

„Erstens möchte ich mich von der Echtheit des Materials überzeugen können, bevor ich das Geld zahle und …“

„Wir haben Ihnen doch schon was geschickt!“

„Ja, das war eine Tonkassette, aber was ist mit den Videos? Ich möchte da wenigstens kurz mit einem transportablen Abspielmonitor reinsehen. Und dazu brauch ich Platz und keinen Volksauflauf um mich herum. Und zweitens, der Ort gefällt mir nicht, weil er von Ihnen kommt … genauso wenig, wie Ihnen der Übergabetermin gepaßt hat, weil er von mir kam!“

Ja. Er hatte sie verwirrt. So viel ist mal klar. Am anderen Ende wird der Hörer abgeschirmt, und er hört wieder nur dieses diffuse Stimmengewirr. Manchmal glaubt er, russische Sprachfetzen identifizieren zu können. Mittlerweile hat er das Gefühl, als wäre sein Ohr auf die fünffache Größe angeschwollen.

„Und … welchen Ort stellen Sie sich vor?“ klingt es dann doch endlich klar aus dem Hörer.

Der erste Schritt. Es ist nur der erste Schritt.

„Tja, also … ich kenn, mich ja hier nicht so aus …“

Jetzt nur keine zu lange Pause, damit die nicht wieder von sich aus einen Ort vorschlagen. Einundzwanzig … zweiundzwanzig … dreiundzwanzig!

„Doch! Da fällt mir was ein! Ich hatte heute vormittag draußen bei der DEFA in Babelsberg ein Gespräch. Durfte mir auch das Gelände ansehen. Da gibt es einen Platz …“

Als Hauptkommissar Vitus H. Benedict erleichtert den Hörer auf die Gabel fallen läßt, ist sein Hemd klatschnaß und das Gesicht schweißüberströmt. Aber er hat es geschafft. Die Haie hatten die ausgelegten Köder geschluckt. Noch einmal greift er zum Telefon.

„Kollege Meißner? Sie können Ihren Freunden sagen, daß die Sache verabredungsgemäß läuft. Wir sehen uns dann um fünf im Präsidium!“

Ja. Heut abend, und er würde Vera wiedersehen.

13

Als er den Wagen vor dem kleinen Seitentor des Babelsberger Filmgeländes hält, platschen die ersten Regentropfen auf die Windschutzscheibe.

Sie hatten verlangt, daß er eine halbe Stunde vor dem abgesprochenen Termin an dem kleinen Seitentor des Filmgeländes warten sollte. Und mit dem Jaguar hatte er kommen sollen, denn „wir wollen Sie während der Fahrt beobachten können". Auf dem Weg nach Babelsberg, einige Male war er nahe daran gewesen umzukehren und die ganze Sache abzublasen, hatte sich der Himmel mit blauschwarzen Wolkentürmen zugezogen. Innerhalb weniger Minuten ist aus den vereinzelten Tropfen jetzt ein veritabler Wolkenbruch geworden, und ein schwaches Flackern am Himmel kündet von einem herannahenden Gewitter. Das hat er nicht berücksichtigt. Sind zwar nur ein paar Meter bis zu dem kleinen Hügel, wo die Übergabe stattfinden soll, aber er würde trotzdem patschnaß werden.

„Ich und ein paar von unseren Leuten werden auch da sein!" hatte Meißner im Präsidium gesagt, als Benedict erstaunt auf die Waffe auf dem Schreibtisch des MUK-Leiters gestarrt hatte. „Die werden wir wahrscheinlich nicht brauchen", setzte er hinzu. Sollte wohl zu Benedicts Beruhigung dienen. Zeigte aber, wenn überhaupt, nur kurzzeitig Wirkung. Oberleutnant Engel, gefährlich mit einer polnischen MPi in der Hand rumfuchtelnd, war fluchend ins Zimmer gestürmt. „Mensch Meise, der Verschluß an diesem Scheißding klemmt schon wieder. Nachher funktioniert die Streue überhaupt nicht!" Benedicts direktem Blick ausweichend, hatte der MUK-Leiter sich dann ausdauernd mit dem Mechanismus der P64 beschäftigt, und der Hauptkommissar hatte für den dicken Umschlag mit Geld quittiert und dann mit gemischten Gefühlen die MUK-Räumlichkeiten verlassen.

Noch zehn Minuten. Immer greller zucken die Blitze vom nun nachtschwarzen Himmel, und immer kürzer werden die Intervalle zu den folgenden Donnerschlägen. Mit der Gewitterfront muß auch ein Schwall Kaltluft herangetrieben worden sein, denn Benedict beginnt plötzlich vor Kälte zu zittern. Oder ist es nur die Anspannung, das qualvolle Warten bis zur Entscheidung? Während seine Zähne aufeinanderschlagen, versucht er die verkrampften Gesichtsmuskel durch Kaubewegungen zu lockern. Dort, irgendwo im nässetriefenden Dunkel der Büsche und Bäume, am Fuße des Hügels, mit den Kriegsrequisiten eines längst gedrehten Films, zwischen den Kulissen des mittelalterlichen Prag, irgendwo dort würde auch Vera mit ihren Leuten sein. Und Meißner … und Engel mit einer verklemmten MPi …

Gespenstisch. Wäre er jünger, würde er sich wahrscheinlich vor Angst in die Hose machen. Fluchend und über Stellungsgräben mehr stolpernd als springend, hatte er sich Punkt acht zu dem Wrack des Flugzeugs vorgearbeitet. Dabei auch noch behindert durch den mitgeschleppten Abspielmonitor. Fröstelnd und bis auf die Haut durchnäßt kauert er sich jetzt schutzsuchend unter der wirkunsgvoll abgeknickten Tragfläche des Kampffliegers zusammen. Für den Bruchteil einer Sekunde taucht ein Lichtblitz die Szenerie in bläuliche Helle. Dann der hart peitschende Knall. Ganz plötzlich hat Benedict beißenden Schwefelgeruch in der Nase und muß niesen. Diesmal eine grellflackernde Folge von Blitzen. Wüßte er nicht, an welchem Ort er sich hier befindet, daß Ruinen, Stacheldraht und Geschützlafetten nur Kulissen aus Pappmaché sind, er würde jeden Moment den Einschlag von Granaten oder den Sturmangriff feindlicher Truppen erwarten.

Nur mit großer Mühe hört er über den verklingenden Donner hinweg das Geräusch eines Fahrzeugmotors. Bis auf den nun gleichmäßig herabrauschenden Regen ist es auf einmal ganz still. Aus Richtung des Seitentores sieht er die Umrisse einer Gestalt herankommen. Fast hat sie, laut fluchend, Benedicts Standort erreicht, als er aus seiner Deckung aufspringt und sich zeigt.

„Was …?“

Der Mann mit dem Hut macht einen Satz zurück und Benedict blickt in die Mündung einer Pistole.

„Keine Panik, Mensch! Ich bin’s, Benedict!“

„Ist Ihr Glück … so ein … verrückter Platz! Haben Sie das Geld?“

Bestimmt kein Deutscher. Irgendein harter Akzent. Aus dem Baltikum vielleicht?

„Klar“, sagt Benedict und hält den Umschlag fest, während der Überbringer der Ware mit einer Taschenlampe auf die Geldscheine leuchtet. Als der Schein der Lampe kurz über dessen Gesicht huscht, zuckt Benedict zusammen. Er kennt diesen Mann. Woher kennt er diesen Mann? Irgendwo in der Vergangenheit ist er ihm begegnet. Immer nur ganz kurz. Aber wo? Und nicht nur einmal, aber immer nur ganz kurz …

„Was ist los? Sind Sie taub? Sie haben doch kein Ding vor, oder?“

Hastig greift er nach der Videokassette in der ausgestreckten Hand des ihm so merkwürdig bekannt vorkommenden Mannes, dessen Äußerung er wohl überhört hatte. Unter dem kaum Schutz gewährenden Dach der Tragfläche legt er die Kassette in das Gerät und schaltet den Schnelldurchlauf ein. Ja, das ist eindeutig Dean Sanger, dessen Gesicht über die gesamte Laufzeit der Kassette zu sehen ist. Er spult nochmals kurz zurück. Versucht Zeit zu schinden, damit Veras Leute vereinbarungsgemäß draußen das Fahrzeug der Händler blockieren können. Dann taucht er wieder hervor.

„Das ist in Ordnung", sagt er zu dem Mann mit dem sehr weißen Gesicht unter der Hutkrempe. „Stellen Sie den Koffer mit den Bändern da hin. Ich übergebe Ihnen jetzt das Geld!"

Über den Koffer hinweg streckt er dem Mann seine Hand mit dem Umschlag rüber, und gerade als dieser ihn fassen will … das Geräusch der ratternden Geschoßgarbe wirkt wie ein Schock, der beide Akteure für einen winzigen Moment zur Salzsäule erstarren läßt. Aber dann hat sich der Koffermann zuerst wieder gefangen. Im Lichtschein ringsum aufflammender Scheinwerfer erkennt Benedict die wieder auf ihn gerichtete Waffe. Ein, zwei Motoren heulen auf, russische und deutsche Befehle, Schatten und ein sich wie in Zeitlupe krümmender Abzugsfinger. Giftig wie eine Kobra züngelt es bläulich aus dem schwarzen Loch. Ein heftiger Stoß gegen die Brust, ein dumpfer Knall und scharfes Brennen irgendwo. Als Benedict auf den Boden aufschlägt, fühlt er zuerst kalte, schlammige Nässe, aber dann umfängt ihn plötzlich das wohlige Gefühl, in ihren Armen zu liegen, den Duft ihres weichen Leibes zu spüren, das Salz ihrer Liebe zu schmecken …

… die Soljanka ist für seinen Geschmack etwas zu stark gewürzt, aber er will seine Gastgeber nicht vor den Kopf stoßen. Schließlich ist er hierhergekommen, um aus den DDR-Genossen irgendeine Art von Unterstützung rauszuleiern. Für den antiimperialistischen Kulturkampf in West-Deutschland. Schwer genug bei diesen DKP-fixierten SED-Bürokraten.

Der Genosse aus dem Kulturministerium ziert sich denn auch wie eine Jungfrau vor dem ersten Mal.

„Wir werden das im Rahmen unserer Gesamteinschätzung der Lage demnächst in der Parteiorganisation diskutieren. Dann setzen wir uns wieder mit Ihnen in Verbindung. Ich wünsche Ihnen noch einen angenehmen Aufenthalt in der Deutschen Demokratischen Republik, Genosse Benedict!"

„Muß eben alles seinen Gang gehen!" sagt sein Spezi aus vergangenen Zeiten, der ihn mit dem Kulturmenschen in Verbindung gebracht hat, entschuldigend.

„Und was machen wa nu?"

„Hättest du nicht mal Lust, vor Parteiveteranen im Prenzlauer Berg über euren revolutionären Kampf zu sprechen? Nichts Besonderes, keine Angst, alles alte Leute. Gibt Kaffee und Kuchen, und die freuen sich, wenn sie mal was anderes hören!"

Klar hat Benedict Lust. Wenn's dann am Ende die finanzielle Basis verbessern hilft.

Was sind das denn für Veteranen? Ist er in ein Kostümfest geraten? Uralte Frauen und Männer. Manche tragen das Steingrau des Rotfront-Kämpferbundes, andere in geflickten Uniformen der Brigada Internacional und wieder andere verwaschene Blauhemden mit einem gelben Wappen auf dem Ärmel. Ein alter Zwerg mit rotem Halstuch umklammert mit kräftigen Händchen eine goldene Trompete.

Die Luft ist stickig in dem zu kleinen Raum, und schon nach wenigen Minuten giert Benedict nach einem Schluck Wasser. Und alle rauchen diese merkwürdigen Zigaretten mit den langen Pappmundstücken. Heiser hört er sich Wortfetzen heraushusten. „Proletarischer Internationalismus ... Solidarität mit den unterdrückten Völkern der dritten Welt ... Revolutionärer Straßenkampf ... Anti-Notstandskampagne ... Für den Sieg des Vietcong ... Ich bin ein Berufsrevolutionär ... Berufsrevolutionär ... Berufsrevolutionär ..."

„Du bist ein Lügner! Ein bürgerlicher Linksabweichler! Ein Verräter an der Sache der Arbeiterklasse!"

Er hat den viel jüngeren Mann in saloppen Jeans nicht gesehen. Jetzt schreitet der zwischen den Greisen hindurch, richtet den Hals seiner Gitarre wie einen Gewehrlauf auf Benedict und ruft in gebrochenem Deutsch: „Du bist keine Revolutionär! Du bist nur eine westdeutsche Showman! Eine Lügner!" Und fordert die Greise mit wilden Handbewegungen auf, es ihm gleich zu tun. „Lügner! Lügner! Lügner!" Ihre dürren Fäuste recken sich ihm drohend entgegen, und immer enger schließen sie den Kreis um ihn. Ein sehniger Greis in kurzen Hosen zwinkert mit seinen Augen nervös hinter dicken Brillengläsern. „Er hat sich im Pionierlager damals das Freundschaftsbanner klauen lassen!" – „Als Thälmann-Pionier bewarb er sich um Aufnahme in den westlich-dekadenten Micky Maus-Club!" ruft die schüttere Alte in der Postuniform, und in die geifernde Unruhe hinein ertönt die befehlsgewohnte Stimme des Genossen Direx aus dem Internat: „Du wolltest die Jugendorganisation der Partei lächerlich machen. Beim 1. Mai-Aufmarsch trugst du demonstrativ amerikanische Nietenhosen zum Blauhemd!" In die sprachlose Stille hinein dann Annkatrins fast geflüstertes „Du hast meine Liebe verraten ..." Und bevor er eine Chance zur Erwiderung hat, setzt der Zwerg die Trompete an die Lippen und bläst zum letzten Angriff. Schon fühlt er den Atem ihrer verfaulten Zähne, als plötzlich die Tür aufgeht und Vera in Uniform und mit Kampfauszeichnungen an der Brust „Stoitje, Genossen!“ ruft. „Er ist doch mein Kampfgenosse! Mein geliebter Benedict!“

„Herr Benedict! Herr Benedict! Mein Jott, Herr Benedict, wat is denn los mit Ihnen? Is doch allet in Butta, Sie sind doch bei mir!“

Verwirrt betrachtet er das Gesicht der älteren Frau, die sich im Licht einer Stehlampe zu ihm runterbeugt. Er scheint in einem Bett zu liegen. Am nackten Arm eine Art Stoffverband, und als er danach faßt, zuckt er schmerzhaft zusammen.

„Au! Wer sind Sie? Wo bin ich hier? Was ist eigentlich los?“

„Also, wer ick bin und wo Sie sind, is einfach. Ick bin die Elsie Huber, und mein Kleena hat sie gestern abend hier in meine Pension in Charlottenburg verfrachtet! Und des andere, dis soll Ihnen ma der Siggi selba sagen, wenn er von der Apotheke zurück ist!“

Natürlich. Die Ähnlichkeit hätte ihm sofort auffallen müssen. Aber was zum Teufel … Richtig. Babelsberg. Die Übergabe. Blitze in der Nacht und dann dieser Schuß. Irgendwas mußte da falsch gelaufen sein.

Er muß wieder eingeschlafen sein, denn als er aufwacht, hantiert der massige Sohn der Pensionswirtin an seinem Arm rum, reißt die angeklebten Stofffetzen mit einem heftigen Ruck herunter.

„Äh … sollten sich besser Dr. Eisenbart schimpfen! Ich bin privat versichert, Sie Grobian!“

„Na bitte, die Toten erwachen wieder! Haben Sie ein Glück gehabt. Nur ’ne lumpige Fleischwunde, und da machen Sie so’n Theater. Das langt ja nicht mal, um Sie krankzuschreiben!“

„Was war los? Wie komme ich hierher?“

„Der Teufel war los! Wie Sie mich gebrieft haben, hatte ich mich also in einem dieser Schützengräben da versteckt, und die nasse Brühe lief mir bis in die Socken. Dann kommt da so ein Bruder mit 'nem Gesicht wie Dracula persönlich, und sie palavern mit dem rum, wollen ihm gerade den Umschlag geben, fängt auf einmal einer von Ihren Genossen an wie wild in der Gegend rumzuballern. Dann geht die Festbeleuchtung an, alle möglichen Leute schreien und laufen durcheinander, Ihr Freund mit dem Schlapphut legt auf Sie an und feuert Ihnen eine. Ich denke mir, das war's Dr. Huber, das Begräbnis wirst du selber organisieren. Macht sich schließlich ziemlich schlecht so 'ne Schlagzeile, ‚Kripomann aus Düsseldorf bei Mafiafehde in Ost-Berlin erschossen!', richtig? Also, ich will Sie da irgendwie rausschleifen, da merke ich kraft meines überdurchschnittlichen Intelligenzquotienten, der is' ja gar nicht hin, der tut nur so. Trotzdem wollte ich Ihnen einen öffentlichen Auftritt ersparen, bringe Sie sogar auf Ihren eigenen Füßen zu Ihrem Wagen und mache mich damit aus dem Staub. Nicht auszudenken, wenn die an der Grenze noch richtig kontrollieren würden. So aber liegen Sie jetzt sicher und warm im West-Berliner Bezirk Charlottenburg. Und jetzt werde ich meine chirurgischen Kenntnisse anwenden und Ihren kleinen Kratzer da versorgen!"

Während Dr. Huber die Schußwunde desinfiziert, irgendeine Heilsalbe draufschmiert und dann einen sauberen Verband anlegt, grübelt Hauptkommissar Benedict darüber nach, was da wohl schiefgelaufen war.

„Es ist besser, wenn Sie sich jetzt erst mal ausschlafen, und am Nachmittag können Sie sich ja wieder auf die eigenen Socken machen. Wollen sicher hören, was da noch abgegangen ist, oder?"

Ganz sicherlich. Doch Huber hat recht, er ist hundemüde. Aber morgen muß er unbedingt mit Meißner ...

„Hab ich fast vergessen. Sie haben während der ganzen Zeit die Kassette festgehalten. Die Sie da unterm Flugzeug überprüft haben. Wollen Sie sich die ansehen, wenn Sie wieder fit sind? Wir haben einen Video-Recorder hier!"

Das ist gut. Das ist sogar sehr gut. Es ist ihm schon ein wenig peinlich, als er den Helfer in der Not, dann auch noch bittet, ihm die beiden anderen Videos aus seinem Zimmer im VP-Heim zu besorgen.

„Irgendwie!"

Wirklich belanglos.

Als Hubers Mutter ihn mit dem Frühstück weckte, hatten auf dem Tablett auch die beiden Videos aus Köln gelegen. Und eine Notiz auf einem kleinen Zettel. „Meißner weiß Bescheid. Ich hoffe, das ist in Ihrem Sinne!"

Klug gedacht von Dr. Huber. Sonst hätte der sich vielleicht ernsthafte Sorgen gemacht und möglicherweise sogar mit dem LKA oder mit Düsseldorf gesprochen. So ist das wenigstens geregelt.

Wirklich belanglos.

Ein Westernschinken der schlechten Machart. Italienische Dutzendware. Das Sujet bekannt und abgenudelt. Arme mexikanische Bauern von Regierungssoldateska malträtiert auf der einen Seite und dann der Profi-Gringo mit den schnellen Colts, der ihnen für mehr Geld als gute Worte helfen soll, auf der anderen Seite. Und dazwischen Dean Sanger, der Hübsche, der den Idealisten mimt. Steif und hölzern macht er neben Yul Brunner eine schlechte Figur. Ganz schnell vergessen. Fast ein ähnliches

Motiv, auch mit Yul Brunner, hatte es einmal zu einem Welterfolg gebracht: Die glorreichen Sieben. Da hatte auch ein junger Schauspieler, ein Deutscher, ähnlich schlecht und hölzern mitgespielt. Aber der war im richtigen Film gewesen und hatte von dem Ruhm der oft kopierten Produktion bis in die heutigen Tage hinein profitiert. Dean Sanger ist sicherlich nicht schlechter. Aber er war eben im falschen Film gewesen.

Während Benedict die „60 Minutes"-Kassette einlegt, denkt er doch noch einmal kurz darüber nach, ob Dean Sangers Lebensweg vielleicht anders verlaufen wäre, wenn „Adios Sapata" ein Welterfolg geworden wäre. Äußerst zweifelhaft, daß man ihm auch vor diesem Hintergrund seine kommunistischen Kapriolen hätte durchgehen lassen. Einem Franzosen vielleicht. Aber einem Amerikaner?

Wenn Dean Sanger wirklich je vorgehabt hatte, in die USA zurückzukehren, ja sogar dort eine zweite Karriere angestrebt hatte, dann war er entweder völlig naiv oder verrückt gewesen! Wer in der meistgesehenen Fernsehsendung Amerikas stalinistischen Terror gutheißt, die Mauer in Berlin als Bollwerk gegen den westlichen Imperialismus preist und die Vereinigten Staaten der Kriegstreiberei beschuldigt, der ist sogar wahrscheinlich beides. Oder kannte er seine Landsleute so wenig? Hatte er durch die jahrelange Abwesenheit das amerikatypische Feeling verloren? Wußte er nicht mehr, wie der Boden aussah, auf dem McCarthy einst sein hemmungsloses Unwesen treiben konnte? Mein Gott, was für ein Narr, der da glaubte, Ronald Reagans Amerika würde ihn jetzt noch mit offenen Armen empfangen. Nach diesen sechzig Minuten mit Mike Wallace am 20. April 1986!

Dean Sanger. Am Ende doch nur ein armer Irrer?

Wenn der in bösartiger Verwirrtheit geschriebene Abschiedsbrief es nicht schon gezeigt hatte, das heimlich in KGB-Auftrag aufgenommene Video ist für Benedict der letzte Beweis. Ein Mensch, seit frühester Kindheit auf krankhafter Jagd nach Anerkennung durch den Vater. Vom Ehrgeiz der Mutter getrieben. Ständige Schlaflosigkeit mit Medikamenten bekämpfend und unter epileptischen Anfällen leidend, kompensiert er vermeintliche Mängel durch extremsportliche Leistungen. Die Bewunderung und der Applaus werden zur Droge für ihn. Dann, als deren Wirkung nachläßt, findet er den Weg, die Dosis zu erhöhen. Seine beginnende Gesangskarriere führt zu immer mehr Bewunderung bei einer immer größeren Gemeinde. Schließlich geht er dorthin, wo er aus unerfindlichen Gründen die meisten und größten Fans hat, nach Latein-Amerika. Dort lieben sie den Gringo mit dem strahlenden Lächeln. Hier kann er sich seine Droge direkt injizieren. Es ist sicher wahr, daß er hier auch erstmals direkt mit den unmittelbaren Auswirkungen amerikanischer Hinterhofpolitik konfrontiert wird und auf der Basis eines diffusen Gerechtigkeitsfimmels für sie Partei ergreift. Aber sicher ist es auch genauso wahr, daß er dadurch hoffen konnte, seine Bewunderergemeinde noch enger an sich zu binden. Und von der Droge Applaus und Anerkennung war er mittlerweile so abhängig, daß ihm dieser Weg der erfolgreichste schien, um seine Sucht befriedigen zu können. Dann, als er endgültig die Seiten wechselt, wird er zum vielumjubelten Exoten in der Sowjetunion, der DDR. Auf dem Gipfel seines Ruhmes ist er der meistbekannte Amerikaner im Ostblock. Jeder erkennt ihn, wenn er auf der Straße geht, Schwärme von Mädchen und Frauen himmeln ihn an. Er kann alles haben. Alles? Nein, nicht alles. Die Achtung und

Anerkennung seines Vaters wird er nie erreichen, denn der ist inzwischen tot. Und Amerika, das Land seines Vaters, es straft ihn mit Nichtachtung …

Leise verraucht der Glanz des Ruhms. Die alten Kampfgefährten ziehen sich desillusioniert auf ihre Datschen zurück. Und die jungen Leute orientieren sich am Sound der Originale, und sie haben ein feines Ohr für falsche Töne. Immer weniger werden die öffentlichen Auftritte, die er so braucht. Wie ein Abhängiger seine Dosis Heroin. Immer schwieriger wird es für ihn, Devisen zu bekommen, die er braucht, um den Unterhalt für seine Tochter in Amerika zu bezahlen. Es wird einsam um den Mann aus Colorado.

Und dann, fünf Wochen vor seinem Tod, liegt er bei Prof. Schallreuter in der Praxis. Vor Augen und Ohren unsichtbarer Geheimagenten schreit er barmend und enttäuscht seine Wut und Verzweiflung aus sich heraus. Fleht winselnd nach der Droge, die ihm niemand mehr geben will, geben kann. Dean Sanger ist am Ende.

Auf dem Alex findet irgendeine Kundgebung statt. Massen Leute aus dem Medienbereich demonstrieren gegen ihre Entlassung. Benedict drängelt sich am Rand vorbei. Das geht ihn nichts an.

Für einen Augenblick hat der Hauptkommissar dann die wärmende Empfindung, als freute sich Herbert Meißner von Herzen, ihn unbehelligt wiederzusehen.

„Mensch, was machen Sie bloß für Sachen!“

„Kann ich an Sie zurückgeben. Wie konnte das passieren? Wo ist das Material? Das Geld? Und …“

„Also der Reihe nach: Engel hat die ganze Zeit mit dem Verschluß seiner Maschinenpistole rumgekaspert, und dann hat sich plötzlich eine Runde selbständig gemacht. Daß das gerade im ungünstigsten Augenblick passierte … einer dieser blöden Zufälle. Machen kann ich sowieso nichts mehr. Hat morgen seinen letzten Tag. Der Mann, der auf Sie geschossen hat, er hat es nicht überlebt. Wir versuchen noch immer, ihn zu identifizieren, aber er hatte nichts bei sich. Ist schwierig. Seine Komplizen haben sich in dem ganzen Durcheinander absetzen können. Der Wagen, mit dem sie angekommen sind, war geklaut. Haben irgendwo einen zweiten Fluchtwagen gehabt. Die waren ganz schön vorsichtig. Trotzdem ist mir die Sache nicht ganz geheuer. Entweder haben unsere sowjetischen Freunde, die sie abfangen sollten, gepennt, oder die haben mit denen unter einer Decke gesteckt. Aber das sagen wir besser nicht laut. Ware und Geld sind jetzt beim KGB. Ob Sie da nochmal rankommen werden …"

Komisch. Er kennt sie wohl doch ziemlich gut. Über Major Uschakowa hat Meißner überhaupt nichts zu sagen.

Am Freitag morgen findet sein Arbeitstag in der Normannenstraße ein ungewöhnlich schnelles Ende. Zwischen den Raschke-Akten der Jahre 1987 bis 1989 liegt auch eine Akte ganz anderen Inhaltes. Es sind die Berichte eines IM „Neuberin" über einen gewissen *Benedict, Vitus H.*, und sie enthalten Details aus Zweisamkeiten und Gesprächen, über die nur Annkatrin Bescheid wissen konnte. Nachdem der erste Schock vorbei ist, fühlt er fast so etwas wie Erleichterung. Ja, er kann es im Grunde als eine Form ausgleichender Gerechtigkeit empfinden. Hatte er nicht einen ebensolchen Verrat begangen? Waren seine Berichte über sie beim MAD nicht von gleicher oder sogar größerer Verwerflichkeit gewesen? Hatte er damals denn eine andere Wahl gehabt? Jetzt sind sie eben pari. Eins zu eins. Satzausgleich. Remis. Oder?

„Alter? Gute Nachricht, du kannst nach Hause kommen! Wir haben Bingo mit einem von deinen Namen aus der letzten Woche! Also mach dich auf die Socken, wir brauchen dich hier!“

„Das freut mich für Sie, ehrlich!“ sagt Meißner, als er sich dann im VP-Präsidium von ihm verabschieden will. Sein Gesicht aber, daß den Ausdruck eines an der Autobahn ausgesetzten Labradors trägt, straft diese Worte lügen. „Es ist nur so, meine Frau hat sich schon so auf Ihre Blumen gefreut …“

„Auf meine Blumen? Was für Blumen?“

„Na, wenn Sie doch die Einladung zum Wochenende angenommen hätten, dann wären Sie doch sicher wieder mit Blumen gekommen. Und da hätte sie sich eben sehr drüber gefreut, weil … von mir bekommt sie ziemlich selten welche …“

Na ja. Was soll's! Ob er nun einen Tag später oder früher in Düsseldorf ist. Am Wochenende hätte er sich sowieso nicht am Jürgensplatz sehen lassen. Und traurige Labradorhunde hatten schon immer alles von ihm haben können.

14

Dann sitzen sie nach dem Abendessen im Schatten der Hauswand, und es ist warm, und vom See fächelt eine leichte Brise herüber, und das Pilsener im Glas schmeckt kühl und frisch. Drinnen im Haus klappern die Frauen mit dem Geschirr. Benedicts Angebot, beim Abwasch zu helfen, hatte Ingeborg Meißner mit dem lachenden Hinweis abgelehnt, daß ihre Tochter sich auch mal im Haushalt betätigen könne.

Das Windlicht auf dem Gartentisch flackert und lockt allerlei fliegendes Getier an, aber sonst ist die Stimmung der beiden Männer satt und friedlich.

„Tja, Engel ist ja nun endgültig weg!"

„Ach ja, der hatte ja gestern seinen letzten Tag. Wie war's denn?"

„Ziemlich formlos. Ich glaube auch nicht, daß er selbst allzugroßen Wert auf Verabschiedung mit Zapfenstreich gelegt hat. Erst recht nicht, nachdem er die Sache in Babelsberg vergeigt hat!"

Benedict nimmt das schweigend zur Kenntnis und lauscht auf das Knarren des Bootssteges am Seeufer. Nachdem er einen guten Schluck genommen hat, muß er die Frage aber doch stellen. Sie hat ihm schon lange auf der Zunge gelegen.

„Erinnern Sie sich noch? Das war irgendwann an einem der ersten Tage meines Aufenthaltes hier, da haben Sie mir so eine nebulöse Antwort gegeben, als ich danach fragte, warum Oberleutnant Engel aus der VP ausscheidet … vielleicht können Sie mir die Antwort heute abend geben?"

Die Frage des Hauptkommissars scheint Herbert Meißner auch vier Wochen später noch unangenehm zu sein, und er zögert sehr lange, bevor er dann endlich den Mund öffnet.

„Schwierig, so einem wie Ihnen das verständlich zu machen. Der Engel wäre in keinem Fall zu halten gewesen. Ist Ihnen ja wohl klar, daß wir eine Dienststelle der Sicherheit auch bei uns im Präsidium hatten, ganz offiziell. Die Kontakte zu denen liefen in der Regel ab Dezernatsleiter aufwärts. Deshalb müssen die auch alle gehen … Und dann gab es aber noch auf allen Ebenen Leute, die von der Sicherheit eingeschleust waren, um … über uns Informationen zu liefern. Wer Stunk mit seiner Frau hatte, wer fremdging, heimlich im Intershop einkaufte, verbotene Kontakte zu Ausländern hatte oder ab und zu das Maul zu weit aufriß. Na ja, und bei der MUK, wurde dann festgestellt, daß Oberleutnant Engel diese Funktion wahrgenommen hatte. Da hat er dann eben freiwillig um seine Dienstentlassung gebeten!"

„Und wissen Sie, was der jetzt machen wird?"

„Der bleibt in der Branche. Macht 'ne private Sicherheitsfirma auf. Soll auch schon reichlich Aufträge haben und ein großes Büro. Manche bei uns wundern sich ja, woher er das Geld dafür hat ..."

Nachdenklich kippt Benedict auf seinem Stuhl vor und zurück.

„Können Sie sich denn vorstellen, daß sich die Schüsse aus seiner MPi nicht aus Versehen gelöst haben und daß er immer noch in Kontakt zu diesen ... Leuten steht?"

„Vorstellbar, lieber Kollege, ist in dieser Zeit so ziemlich alles. Und wenn es nicht diese Leute sind, dann könnten es jetzt ja auch andere Leute sein, oder?"

Am Samstagnachmittag, die Meißners sind zu einem Besuch bei Verwandten in der Nähe, macht Benedict noch einen kleinen Spaziergang durch den idyllischen Ort und landet schließlich doch noch einmal auf diesem Friedhof, auf dem Dean Sanger begraben ist. Wieder empfängt ihn die sandig-friedliche Ruhe, und alles ist genau wie beim ersten Mal. Dann, als er vor diesem Stein steht, hat sich doch alles verändert. Der Stein und die Kiefernbäume sind zwar noch da, aber jemand hat die Inschrift auf dem Stein mit einem Keil herausgehauen. Dean Sanger ist verschwunden, scheint nie existiert zu haben. Vitus H. Benedict glaubt sich in einem dieser „Zurück in die Zukunft"-Filme, wo auf einem Grabstein die Inschrift dadurch verlischt, daß jemand in der Vergangenheit rumpfuschend die Gegenwart verändert hat. Dean Sangers Leben war erloschen, jetzt versucht man offensichtlich zu bestreiten, daß er jemals existiert hatte. Kein Grab, kein Leben davor. Irgendwie hat Benedict das Gefühl, würde er jetzt die Leute hier nach ihm befragen, könnte sich niemand an die Existenz des Mannes Dean Sanger erinnern. Sicher gäbe es auch keine polytechnische Oberschule in Potsdam, die seinen Namen trägt, und auch die Brigade des VEB Backwaren-Kombinats hätte sich nie mit seinem Namen geschmückt.

Als er schließlich dem geschändeten Stein den Rücken zuwendet und den Friedhof verläßt, hat er einen säuerlichen Geschmack im Mund. Man mochte Dean Sanger beurteilen wie man wollte, aber es war eine spannende Biographie. Nur denkbar vor dem Hintergrund einer solchen Zeit. Und die sollte so einfach verschwinden, als sei sie nie dagewesen?

Kaum ein Lufthauch mildert an diesem letzten Abend die schwüle Hitze. Leise vor sich hin schwitzend brüten die beiden so verschiedenen Männer über ihrem Bier. Sogar das Windlicht scheint nicht genügend Sauerstoff zu finden und sackt verlöschend in sich zusammen. Kein Stern erhellt heute die dunkle Schweigsamkeit der zwei. Irgendwann ist aber der Zeitpunkt gekommen, da Benedict die Frage nicht mehr weiter aufschieben kann. Sie lastet seit Tagen ahnungsvoll bedrückend auf seiner Brust und muß endlich heraus.

„Sie haben mir gar nichts mehr von Vera gesagt ...“, preßt er heraus und umklammert dabei mit seinen feuchten Fingern das Feuerzeug in der Hosentasche.

„Nein ...“, sagt Meißner. Und dann lange Zeit nichts mehr, das Gesicht im Dunkel der Nacht verbergend. „Wissen Sie, ich kenne die Genossin Vera schon ziemlich lange. Sie war immer ein guter … Kamerad für mich. Seitdem wir uns in Moskau auf einem Lehrgang begegnet sind. Na ja, sie war damals schon beim KGB … na und jetzt … nitschewo! Immerhin verdanken Sie ihr das Leben. Hat Sie reaktionsschnell aus der Schußlinie gestoßen, als dieser Pistolenmann auf Sie feuerte. Ein Streifschuß, kleiner Betriebsunfall in unserem Geschäft, oder?"

„Aber", versucht Benedict auf eine Antwort zu drängen, „wo ist sie? Was ist mit ihr passiert?"

Aus der warmen Finsternis weht ein Hauch kalter Traurigkeit zu ihm herüber. „Ich weiß nicht, nach der Aktion in Babelsberg war sie ganz plötzlich verschwunden. Unsere Freunde in Karlshorst haben nur mit den Achseln gezuckt und freundlich gelächelt. Na dom! Wo immer das auch sein mag. Leningrad, Wladiwostok, Odessa ... na sdarowje, towarischtsch, na sdarowje!"

An den weiteren Verlauf der Nacht kann sich Benedict nur noch verschwommen erinnern, als er am frühen Sonntagmorgen mit hämmerndem Schädel und tobenden Eingeweiden erwacht. Sie hatten beide ihre Trauer mit Wodka und Nordhäuser Doppelkorn zugesoffen. Meißner war nach dem soundsovielten „Herrengedeck" in tiefer Depression verjammert. Ob denn nun alles für die Katz war, hatte er schwerzüngig immer wieder gefragt. „Vier Jahre im Wachregiment *Feliks Dzierzynski*, die Straßentour in der Inspektion Mitte, die Fachschule in Aschersleben, das Fernstudium mit Abschluß Dipl. Kriminalist ... alles umsonst?"

Benedict versucht durch den bohrenden Schwindel hindurch zu ergründen, ob er dem Meißner etwa redselig von der Geschichte mit Annkatrin erzählt hat. Und selbst wenn? War das noch wichtig?

Irgendwann im Vollrausch hatten sie dann Lieder gegrölt, deren Texte auch er von früher noch kannte. Als sie wahrscheinlich zum zehnten Mal „Darum vorwärts, vorwärts Bolschewik!“ anstimmten, war es Ingeborg Meißner endgültig zu bunt geworden, und sie hatte die beiden Volltrunkenen mit Hilfe der Tochter in die Betten verfrachtet. Aber selbst in diesem Zustand hatte Benedict sich voll Mißtrauen gewundert, daß Meißner das Verschwinden von Vera Uschakowa so nahe ging …

„Na denn …“, murmelt Meißner, als er den Wagen zur Abfahrt startet, „wir haben übrigens heute Nacht Brüderschaft getrunken, aber wenn es dir unangenehm ist, können wir auch wieder …“

„Au ja … Herbert … klar also dann … vielleicht sieht man sich ja mal irgendwo, irgendwann …“

„Ja, vielleicht“, sagt Herbert Meißner, reicht ihm die Hand durch das geöffnete Wagenfenster, und dann verschwindet er in der Staubwolke, die der anfahrende Jaguar hinter sich aufwirbelt.

Auf dem Weg zur Avus muß er noch einmal durch Ost-Berlin und passiert endlos lange Menschenschlangen, die nach etwas anzustehen scheinen. Am Sonntag? Was soll das denn? Stimmt ja, heute ist doch der Tag! 1. Juli. Geldumtausch! 1.Juli. Was hatte Meißner heute nacht gesagt? Beförderungen und Auszeichnungen immer am Tag der Volkspolizei, dem 1. Juli. Als Benedict über die wohl bald der Vergangenheit zuzurechnende Staatsgrenze der DDR in den Westen fährt, ist er sich sicher, daß der 1. Juli nicht als Tag der Volkspolizei im Gedächtnis der Menschen haftenbleiben wird.

Der rheinische Alltag hat ihn wieder. Berlin ist weit, und auch Düsseldorf hat interessante Leichen.

Hauptkommissar Benedict liebt diese ruhigen Nachmittage im Präsidium. Freitags, wenn bis auf die Beamten von der Wache fast jeder schon ins Wochenende ist und er die Stille seines Dienstzimmers im dritten Stock genießen kann.

Formal hatte er nach seiner Rückkehr aus Berlin die Ermittlungsführung in der Mordsache Raschke, alias Fuchs, als Leiter K 1 natürlich wieder an sich genommen. Daß er die eigentlichen Ermittlungen dann allerdings in den Händen des Teams Ganser, Läppert, Leiden-Oster beließ, war nicht seiner Faulheit zuzuschreiben. Irgendwie hatte er sich voreingenommen, ja belastet gefühlt. Zuviel hatte er über das Unwesen Raschkes in den fensterlosen Mauern der Zentral-Kartei des MfS gelesen, und zu nahe war er den Menschen dort gewesen. Die kriminalpolizeilichen Ermittlungen sind beendet, aber Staatsanwalt Sprotte würde große Mühe haben, daraus eine Anklageschrift zu konstruieren, die auch zwangsläufig zur Verurteilung führen wird. Vom Motiv her, soviel war den Ermittlern ja klar gewesen, kam einzig und allein Richard Blume in Betracht. Nach Aktenlage war nur er in der DDR mit Raschke in Berührung gekommen. Erst als Kollege in der gleichen Brigade, später als enger Freund der Familie, die mit zwei anderen Familien die Flucht in den Westen geplant hatten. Er hatte wichtige Tips gegeben, die sichersten Möglichkeiten ausgekundschaftet und am Ende die fünfzehnköpfige Gruppe in die Falle des MfS gelockt. Anklage und Verurteilung wegen Republikflucht, in Bautzen zum Invaliden geworden und von den früheren Freunden gemieden. Die Frau erhängte sich am Gefängnisfenster, nachdem sie den Bescheid erhalten hatte, daß ihre Kinder in staatliche Obhut gekommen waren und jeder weitere Kontakt zu ihnen ihr bei Strafe verboten war. Und eben diesen Mann, der sein Leben zerstört hat, den trifft Blume als Joachim Fuchs auf der ENGLISH LADY wieder. Benedict ist sich fast sicher, daß der OibE Fuchs sein einstiges Opfer nicht einmal erkannt haben dürfte. Zu viele solcher operativer Vorgänge lagen auf dem Weg dieser Karriere. Aber Richard Blume hatte ihn erkannt und das auch den Ermittlungsbeamten bestätigt. Hatte sogar eingestanden, dem Raschke einen Faustschlag versetzt zu haben. In dieser lauen Nacht auf dem Rhein. An der Reeling der ENGLISH LADY.

Bis auf die Kinder wußten alle an Bord des Schiffes von Raschkes Vorleben, denn Blume hatte sie darüber in Kenntnis gesetzt. So jedenfalls die einvernehmlichen Aussagen der als Zeugen Vernommenen. Und so hatten sie an diesem Abend beschlossen, dem „Stasi-Schwein" eine Lehre zu verpassen. Eine, die er nie vergessen würde. Was dann wirklich auf dem Schiff abgelaufen war, wußten wohl einzig und allein die Beteiligten. Und die schwiegen sich standhaft darüber aus. Natürlich, sie waren alle geständig gewesen. Aber nur insoweit, daß jeder von ihnen dem Raschke einen Faustschlag, einen Tritt oder einen Schubs versetzt hatte. Dort an der Reeling der ENGLISH LADY. An diesem warmen Aprilabend.

Welcher davon nun tödlich gewesen war und wer ihn letztendlich über die Reeling gestoßen hatte, das war für die Beamten des K 1 nicht zweifelsfrei festzustellen. An diesen Geständnissen würden die Richter bei allen Zweifeln nicht vorbeikönnen, und so wäre mit einer Verurteilung des Blume als Einzeltäter kaum zu rechnen. Sicher, er hatte als einziger ein echtes Motiv gehabt, aber jeder einigermaßen clevere Rechtsanwalt würde mit der Einlassung kommen, daß das Wissen um Raschkes „Verbrechen" in der DDR bei den anderen Übersiedlern ein solches Motiv glaubhaft erscheinen ließe. Nein, Sprotte würde froh sein müssen, wenn es zu einer Verurteilung wegen gemeinschaftlichen Totschlages im Affekt reichen würde.

Für das 1. Kommissariat war der Fall damit abgeschlossen. Und für Benedict sein Berlin-Abenteuer auch. Nur ein paar „Souvenirs" erinnern ihn noch an die vier Wochen mit Meißner & Genossen. Eine kaum sichtbare Narbe am Oberarm und ein Feuerzeug mit verlöschender Flamme. Manchmal Alpträume, in denen der Mann mit dem Schlapphut die Pistole auf ihn richtet. In diesen Träumen weiß er immer, wo er ihm schon mal begegnet ist. Wenn er dann erwacht, ist alles wieder weg.

Dann ist da noch die Frage, die ihn nicht losläßt und nicht nur in seinen nächtlichen Träumen auftaucht: hätte er nicht doch noch vor seiner Abreise aus Berlin mit Annkatrin sprechen sollen? Ihrer beider Situation damals offen voreinander aussprechen? Waren sie beide aneinander irgendwie schuldig geworden? Das Gefühl, dieses Gespräch nachholen zu müssen, bedrängt ihn täglich mehr.

Diana Meißner hatte ihm das Dean Sanger-Buch großmütig überlassen, und manchmal blättert er darin rum. Dann fragt er sich, was wohl Dixie Lupinsky gerade macht, und ob der Vizekonsul Mike jetzt endlich zufrieden ist. Und wenn seine Kollegen ihm allzuviel von der nächsten Karnevalssaison schwätzen, ja, dann sehnt er sich sogar ein bißchen nach einem Radeberger mit dem knochentrockenen MUK-Kommissar aus der Hans-Beimler-Straße. Aber daraus würde wohl nichts mehr werden. Auch den ehemaligen VP-Major hatte es noch erwischt. Wahrscheinlich hatte *Feliks Dzierzyinski* dem Diplom-Kriminalisten das Genick gebrochen.

Der „Leitende“ wird im nächsten Jahr in den Ruhestand gehen. Aber nicht so richtig, denn er soll als Dozent den Aufbau der neuen Polizei in Ost-Deutschland unterstützen. Er würde ihm hier fehlen. Nach seinem Weggang, so gehen die Gerüchte, soll die ganze Polizeistruktur in Düsseldorf umgekrempelt, den neuen Verhältnissen angepaßt werden. Im Innenministerium soll schon eine eigene Arbeitsgruppe eingerichtet worden sein. Gerade die jungen Kollegen versprechen sich von dieser Neu-Organisation viel. Aber Benedict ist schon zu lange bei diesem Laden, als daß er diese Hoffnung teilen kann.

Am Ende würde doch alles so bleiben, wie es immer war.

DIE 206

Roberto Ampuero

Bolero in Havanna

Als der Bolerosänger Placído del Rosal von einer Florida-Tournee zurückkehrt, verläßt er den Flughafen in Santiago mit einem Koffer, in dem sich eine halbe Million Dollar befindet. Privatdetektiv Cayetano Brulé soll die Herkunft des Geldes klären.

Deutsche Erstausgabe • 9,80 DM

ISBN 3-360-01206-2

ISBN 3-360-01210-0

Originalausgabe
1. Auflage

Rosa-Luxemburg-Str. 16, 10178 Berlin

Reihen- und Umschlagentwurf: Generator
Gesamtherstellung: Ebner Ulm